셰이커

셰이커

이희영 장편소설

래빗홀
RABBIT HOLE

차례

서른둘

네가 사라지고 13년의 시간

1

"어른이 뭐냐?"

성진이 물었다. 한민의 입에서 싱거운 웃음이 터져 나왔다.

"그 질문에 답을 아는 사람이 어른이지."

"우문에 현답이네."

나우가 툭 한마디 내뱉고는 손에 쥔 캔 커피를 마셨다. 쌉싸름한 맛과 향이 입안 가득 진하게 스며들었다. 자꾸만 가슴이 뛰는건 독한 카페인 때문만은 아닐 것이다.

"자식들, 사람이 심각하게 묻는데."

"나도 심각하게 대답했다. 나우 말 못 들었냐? 우문현답……."

한민이 말을 멈추더니 큰 소리로 재채기했다. 햇볕은 따뜻했지만 바람 끝이 시렸다. 사람의 발길이 뜸해진 늦가을 공원은 바람의 놀이터였다. 투명한 손길이 훑고 지나간 자리는 맑고 고요하며 한없이 쓸쓸했다.

"어른의 정의 좋지. 그래, 우리 어른이야. 그런데 이 쌀쌀한 날 시커먼 어른 남자들끼리 벤치에 앉아서 뭐 하는 거야?"

주섬주섬 주머니를 뒤지던 한민이 휴지를 꺼내 코를 풀었다.

"나는 광합성 좀 해야 해. 온종일 작업실에 틀어박혀 있어서 햇빛 구경하기 힘들거든."

성진이 하늘을 바라보며 희미하게 웃었다. 겨울 햇살을 닮은 창백하고 메마른 미소였다. 늘 시간에 쫓기는 탓인지 다소 지치고 피곤해 보였다.

나뭇가지에 앉아 있던 까치 한 마리가 날아올랐다. 푸드덕 소리에 세 남자의 시선이 허공으로 향했다. 시리도록 파란 하늘은 셋이 같은 교복을 입던 옛날과 조금도 달라지지 않았다. 시간의 흐름이란 오직 인간에게만 적용되는 법칙이 아닐까? 나우는 문득 허무한 생각이 들었다. 세월이 생각보다 너무 빨리, 그리고 덧없이 흘러갔다.

"우리 소중한 친구들, 일찍 보면 좋잖아."

성진이 농담을 하며 가볍게 한민의 팔을 쳤다. 주로 밤과 새벽에 작업하는 성진은 그때가 집중하기에 가장 좋다고 했다. 그 습관은 분명 고등학교 때부터 시작되었을 것이다. 고매하신 야행성

인간 덕분에 셋은 12시에 만나 점심을 먹고 계획에도 없던 공원 벤치에 앉아 해바라기를 하는 중이었다. 사실 광합성이 필요한 사람은 24시간 작업실에 틀어박혀 있는 성진만이 아니었다. 나우가 천천히 호흡하며 공원의 맑고 찬 공기를 들이마셨다.

"정말 웃기지 않냐? 대학 진학부터 취업, 운전하는 것까지 시험을 봐야 하잖아. 그런데 왜 어른이 되는 건 시험도 자격도 필요 없을까?"

성진의 말이 끝나기 무섭게 한민의 짜증 섞인 목소리가 앙상하게 마른 나뭇가지 사이로 퍼져 나갔다.

"아, 새끼. 누가 대한민국 사람 아니랄까 봐. 시험이니 자격이니 더럽게 좋아하네. 이 형님이 지금부터 어른의 정의를 제대로 내려줄 테니까 잘 들어라."

한민이 코를 훌쩍 들이마시고는 입을 열었다. 학교 다닐 때도 찬바람만 불면 힘들어하더니 여전히 비염을 달고 사는 모양이었다.

"지하철이나 버스 탈 때 선불 교통카드로 찍으면 애들, 후불 신용카드면 어른, 됐냐?"

단호한 목소리에 성진이 떨떠름한 표정으로 도리질했다.

"미친놈아, 요즘 애들도 후불 신용카드 써."

"이런 답답한 인간을 봤나. 야, 그 후불을 걔들이 처리하냐? 부모가 처리해 주지? 최소 어른이면 자기가 쓴 카드는 자기가 반드시 해결한다, 몰라? 너는 학교 다닐 때나 지금이나 왜 이리 꽉 막혔냐? 하나를 알려 주면 두 개를 잊어버려요."

그 뒤로 한민의 입에서는 시답잖은 어른의 조건들이 흘러나왔다. 김밥천사에서 제육덮밥과 돈가스 중 고민 없이 둘 다 시키면 어른이라 했다. 약국에서 달콤한 비타민젤리를 한 봉지가 아닌 한 통을 사면 어른이고, 신분증을 보여 달라는 종업원의 말에 화색이 돌면 어른이며, 명절에 조카들에게서 컴퓨터를 사수하는 것보다 지갑 여는 일을 더 고민하면 어른이자, 게임을 재미없어서가 아닌 체력이 달려서 못 하면 어른이라 했다.

"커피를 취향이 아닌 카페인 수혈을 위해서 마시면 그때 비로소 어른이 되는……."

"인마 헛소리 그만하고 콧물이나 닦아."

툭탁거리는 두 사람을 보며 나우가 싱거운 웃음을 흘렸다. 별것 아닌 일에 목에 핏대를 세우며 으르렁거리는 건, 10여 년 전이나 지금이나 크게 달라지지 않았다.

대학에 가면 어른이 되는 줄 알았다. 군대를 다녀오면, 어엿한 직장인이 되면, 한민의 말처럼 월급 통장에서 꼬박꼬박 카드값이 빠져나가는 순간이 오면 그땐 진짜 어른이라 생각했다. 그러나 이 모든 과정을 거쳐 온 지금, 나우는 자신이 진짜 어른인지 알 수 없었다. 세상은 여전히 두렵고 어렵기만 했다. 한 치 앞을 장담할 수 없는, 곳곳에 수렁이 가득한 서바이벌 게임장과 비슷했다.

"무슨 일 있어? 갑자기 웬 어른 타령이야?"

나우가 물었다. 성진이 대답 대신 손에 쥔 캔 커피를 바라보았다.

"사촌 동생이 결혼하거든. 엄마가 엉뚱한 나한테 짜증 내잖아. 맨날천날 작업실에만 틀어박혀 있지 말고 나가서 사람 좀 만나래. 결혼해야 비로소 어른이 된다나?"

"요즘 같은 시대에 그게 말이 되냐?"

한민이 얼굴 가득 노골적인 불쾌감을 드러냈다. 정말 그랬다. 결혼한다고 모두 어른이 되는 건 아니다. 그럼 결혼은 무엇일까? 사랑하는 사람을 늘 곁에 두는 일? 마냥 행복하고 포근한 일? 그런 생각이 들자 나우의 가슴이 시끄럽게 요동치기 시작했다.

"너야말로 곧 소식 있겠다?"

갑작스러운 질문이 날아들었다. 뭐가? 라며 되묻는 나우의 눈빛에 한민이 피식 웃었다.

"결혼 얘기 오갈 거 아니야. 아직 날 안 잡았어?"

나우가 대답 대신 물끄러미 한민을 바라보았다. 목소리와 표정이 어쩐지 석연치 않았다. 단순히 나우의 상황을 물어보려는 게 아닌 듯싶었다. 결혼을 말하는 눈빛에 숨길 수 없는 적의가 느껴졌다. 한민이 캔을 찌그러뜨리고는 한쪽 입꼬리를 올렸다.

"참 대단한 인연 아니냐. 너희 몇 년 사귀었지?"

언제부터 셋이 다시 어울렸는지 기억나지 않았다. 나우와 성진은 졸업 후에도 계속해서 연락을 주고받았다. 하지만 한민과는 다른 친구의 돌잔치에서 우연히 만난 뒤로 뒤늦게 가까워졌다. 한민이 고등학교 시절 유독 친하게 지냈던 녀석은 따로 있었다.

"고등학교 때였나? 설마 그 녀석 사고 나기 전부터……."

"너 아까 뭐 잘못 먹었냐? 우리 엄마가 그랬다. 더운밥 먹고 식은 소리 하지 말라고."

성진이 빠르게 한민의 말허리를 잘라 냈다. 깊게 들이마신 찬 공기가 예리하게 폐부를 찔렀다. 나우가 캔 커피를 움켜잡았다.

한민이 고등학교 내내 붙어 다녔던 녀석은, 한때 나우의 단짝이기도 했다. 세상 그 무엇과도 바꿀 수 없는 존재이자 또 다른 누군가의 첫…….

"아니, 뭐 묻지도 못해?"

왈칵 짜증을 토해 내는 한민을 향해 성진이 쨍한 목소리로 쏘아붙였다.

"인마, 언제 적 얘기를 하는 거야?"

"언제 적? 그래, 케케묵은 얘기니까 할 수 있잖아."

안 그래? 묻는 눈빛으로 한민이 눈썹을 움찔거렸다. 나우는 어떤 표정을 지어야 할지, 아니 자신이 지금 어떤 얼굴인지조차 알 수 없었다. 심장이 기분 나쁠 정도로 거칠게 뛰었다.

지금 한민의 머릿속에 누가 있는지 자명했다. 왜 저렇듯 날 선 눈빛으로 자신을 바라보는지, 무엇을 불편해하고, 무엇에 배알이 꼬였는지 나우는 절대 모르지 않았다.

"내 생각이 완전 고루한 꼰대라서 그런가? 솔직히 나는 좀 그렇다?"

한민이 씁쓸한 얼굴로 혼잣말을 하듯 중얼거렸다.

"너 진짜 괜찮냐? 좀 그렇지 않아? 나는 솔직히 상식적으로 이해가 잘 안 돼서 그래. 다른 녀석도 아니고, 나우 네가 어떻게⋯⋯."

"그만해라. 어디 풋내기 때 얘기를 하고 난리야."

성진이 날 선 눈빛을 번뜩이자 한민이 너 말 한번 잘했다, 싶은 듯 세게 받아쳤다.

"풋내기 맞지. 그런데 풋내기 사랑이라고 우습게 보지 마라. 우리 이모랑 이모부 초등학교 3학년 때 짝으로 처음 만나서 결혼까지 했어. 야, 걔네 5년 가까이 사귀었다? 중2 때부터 고3 때까지 서로 죽고 못 살았다고."

한민이 흘낏 나우를 곁눈질하고는 말을 이었다.

"내가 조심하라고 경고한 적이 있었거든. 솔직히 그 자식 그 사고 없었으면 또 모른다. 그 애는 지금쯤⋯⋯."

"입 닥쳐라."

성진이 성마르게 소리쳤다. 그러나 한민도 절대 물러서지 않았다.

"결혼 얘기가 나온 김에 말하는데 나만 이러는 거 아니다. 그 자식 여자친구 J고 다녔던 거, 우리 학교 웬만한 애들 다 알고 있었잖아. 입학할 때부터 얼마나 자랑했었냐? 오죽하면 학교 앞 편의점 사장님도 알 정도였다. 그런데 다른 새끼도 아니고 그 자식이랑 가장 친했던 네가 그러면 안 되는 거…….''

성진이 한민의 어깨를 움켜잡았다.

"너야말로 나이는 어디로 처먹었냐?"

갑자기 지독한 현기증이 밀려들어 나우가 천천히 벤치에서 몸을 일으켰다.

"그만해라. 애들도 아니고. 싸우려면 제대로 한판 붙든가. 나는 일이 있어서 먼저 간다."

나우가 손을 들어 보이고는 뒤돌아 공원을 가로질렀다. 한민의 욕설이 오후의 그림자처럼 등 뒤로 길게 따라붙었다.

"내가 뭐 틀린 말 했어? 다른 사람도 아니고 나우 저 새끼가 진짜 그러면 안 되지. 여자친구 볼 때마다 그 자식 생각 안 나겠냐? 죽은 놈만 억울하지. 자기 첫사랑을 하필 가장 친한 친구가…….''

공원을 빠져나오기 무섭게 시끄러운 경적이 날아들었다. 나우가 허청거리는 걸음으로 앙상한 가로수 길을 걸었다. 아침부터 연거푸 커피를 마셨더니 카페인이 과한 모양이었다. 여전히 가슴이 벌떡이며 눈앞이 자꾸만 이지러졌다. 정신을 차리려 고개를 흔드는데 누군가 팔을 잡아챘다.

"야, 오랜만에 만났는데 이렇게 혼자 가는 게 어딨어. 한민이 저 자식 승진 누락되고 스트레스가 장난이 아닌가 봐. 괜히 너한테 화풀이하는 거야."

어느 틈에 달려온 성진이 벌겋게 상기된 얼굴로 말했다.

"내가 한민이는 먼저 보냈다. 추운데 우리 어디 들어갈까? 이 근처에 괜찮은 카페 있거든."

히죽 웃는 싱거운 미소는 10여 년 전이나 지금이나 여전했다.

성진은 느긋한 성격이었다. 한때는 그 한없는 여유로움이 답답해 보여 모진 말도 했었다. 그때는 왜 그걸 몰랐을까? 단순히 어리고 세상을 몰라서? 여전히 세상을 모르는 건 10여 년이 지난 지금도 마찬가지다. 하지만 적어도 성진에 대해선 알게 되었다. 오늘의 녀석을 만든 건, 바로 그 느긋한 성격이란 사실을⋯⋯. 그건 어쩌면 스스로에 대한 믿음인지도 모른다. 나우는 성진이 이룬 결과보다, 그 우직한 자신감이 부러웠다.

나우가 가만히 성진의 손을 다독였다.

"나중에. 나 진짜 갈 데가 있어서 그래."

"저 녀석 말⋯⋯."

나우가 힘없이 웃으며 고개를 끄덕였다.

"일도 좋지만, 몸도 좀 생각해라. 많이 피곤해 보여."

나우는 성진의 충혈된 두 눈과 짙은 그늘이 마음에 걸렸다. 일에만 몰두한 나머지 혹여 몸이 상할까 걱정되었다. 두 번 다시는 그토록 무력하게 소중한 사람을 떠나보내고 싶지 않았다.

"열심히 해야지. 이쪽 세계도 전쟁이다. 까딱 방심하면 죽는 거야. 너 결혼할 때 이 형님이 제대로 된 선물 해 줄게. 기대해라."

결혼이란 한마디가 누름돌이 되어 가슴을 내리눌렀다. 나우가 선웃음 짓고는 뒤돌아 걸음을 옮겼다. 왜 한민에게 화를 내지 못했을까. 네까짓 게 뭘 아냐고 강하게 쏘아붙이지 못했을까. 왜 겁쟁이처럼 도망치듯 자리를 벗어났을까.

'솔직히 그 자식 그 사고 없었으면 또 모른다. 그 애는 지금쯤……'

그 말이 사실일지도 모를 테니까. 녀석이 지금도 살아 있다면, 그때도 그녀의 옆에 있는 사람은 내가 될 수 있을까? 나우는 스스로에게 던진 질문에 좀처럼 답을 찾을 수 없었다. 아니, 분명 그러지 못했을 것이다. 만약 진짜 그 녀석이 살아 있다면, 정말 그랬다면……. 생각은 보이지 않는 올가미가 되어 조금씩 숨통을 조여 왔다. 어떤 말도 할 수 없을 정도로 가슴을 옥죄어 왔다. 아니, 한번 지나간 시간은 결코 되돌아오지 않는다. 인생에 '만약'이란 시간이 절대로 존재할 수 없듯이. 나우가 깊게 호흡하고는 도망치듯 빠른 걸음으로 가로수 길을 걸었다.

2

재킷 안주머니에 보석함을 넣었다. 다이아몬드 반지처럼 빛나는 말을 건네고 싶었다. 영원히 간직될 한마디를 준비해야 했다. 그런데 막상 계획한 날이 다가오자 어떤 말도 떠오르지 않았다. 생각만으로도 가슴이 터질 듯 심장 박동이 빨라졌다.

나우는 주얼리숍을 나와 모퉁이를 돌았다. 그 순간, 좁은 골목에서 고양이 울음소리가 들려왔다.

16차선 도로 양옆으로 마천루가 솟아 있었다. 멀지 않은 곳에 광장 시계탑도 보였다. 이제 도심에서도 길고양이를 보는 건 흔한 일이었다. 하지만 이렇듯 큰 번화가는 길고양이가 살 만한 환경이 아니었다. 어쩌면 근처 공원에서 온 녀석인지도 몰랐다.

평소라면 그냥 지나쳤을 텐데 애처롭게 우는 소리에 저절로 발길이 멈췄다. 머뭇거리던 나우는 건물 틈새를 향해 몸을 돌렸다. 잠시 뒤 어둠 속에서 파랗게 빛나는 두 눈동자와 마주했다. 그 순간, 기억에서도 사라진 하루가 머릿속을 스쳐 지나갔다.

'이름은 잉크야. 꼭 잉크 한 방울 떨어뜨린 것 같지? 털이 까만 색이기도 하고. 이제 한 식구가 됐으니 늘 함께하자는 의미야. 잉크로 발 도장 찍어서 계약서에 사인했다는 뜻.'

미야옹 우는 소리에 멍한 정신이 돌아왔다. 꿈을 꾸듯 몽롱한 기분이었다. 왜 갑자기 그날이 떠올랐을까. 검은 고양이를 처음 본 것도 아니었다. 오며 가며 길에 사는 고양이들과 마주치는 건 흔한 일이었다. 그런데 이상하게 그 까만 고양이가 나우의 시선을 붙잡았다. 파란 두 눈이 기억에서도 지워진 그날을 불러냈다.

얌전히 앉아 있던 녀석이 몸을 일으키더니 우아한 캣 워킹으로 나릿나릿 좁은 골목을 벗어났다.

굳이 녀석을 따라가겠다는 마음은 없었다. 그저 발길이 이끄는 대로 골목을 빠져나왔을 뿐이었다. 고개를 들었을 땐 허공에 칵테일 잔이 반짝이고 있었다. 붉은색 네온 간판에는 그 흔한 가게 이름도 없었다. 간판의 잔을 봐서는 바(bar)가 틀림없었다. 술 생각은 없었지만 이름조차 없는 이곳에 묘한 호기심이 생겼다.

나우는 뭔가에 홀린 듯 문을 열었다.

"어서 오세요. 저희 가게는 처음이신가요?"

안으로 들어서기 무섭게 누군가 바 테이블로 가까이 다가와 물었다. 검은색 나비넥타이를 한 바텐더가 그를 향해 부드러운 미소를 건넸다. 나우가 머뭇머뭇 자리에 앉았다. 생각보다 평범한 곳이었다. 바 하면 쉽게 떠올릴 수 있는 분위기였다. 나른한 재즈 선율과 어두운 조명, 바텐더의 현란한 손놀림, 그리고 그 끝에 탄생한 색색의 칵테일이 반짝이는……. 나우는 언젠가 비슷한 곳을 간 적이 있었다. 칵테일을 알지 못하는 그를 위해 동료가 대신 주문해 주었는데 그때 마셨던 칵테일의 이름과 맛은 전혀 기억나지 않았다.

"아, 네……."

나우가 몸을 돌려 주위를 살폈다. 밖에서 봤을 때보다 안은 더 넓었다. 너무 이른 시간이라서일까? 홀은 텅 비어 있었다. 딱 한 테이블을 제외한다면…….

나우의 시선이 조명이 닿지 않는 구석진 자리로 향했다. 어두워 잘 보이지 않았지만 혼자 앉아 있는 남자는 또래 같기도 조금 더 어려 보이기도 했다. 어쩐지 이곳을 잘 아는 사람 같았다. 이 시간에 왜 혼자 있을까? 쓸데없는 오지랖이란 생각에 나우는 싱거운 웃음을 흘렸다.

"좋은 일이 있으신가 보네요."

바텐더는 키가 크고 마른 체격에 유난히 검고 맑은 눈을 가졌다. 바텐더보다 모델에 어울리는 모습이었다. 풍성한 속눈썹 때문일까? 어쩐지 선이 여린 느낌이었다. 나우의 시선이 희고 긴 바텐더의 손에 닿았다.

"글쎄요? 좋은 일이 있는지는 잘 모르겠습니다."

나우가 습관처럼 안주머니를 더듬었다. 보석함이 작은 숯덩이처럼 뭉근하게 심장을 데웠다. 뜨거운 긴장이 천천히 등허리를 훑어 내렸다.

"그럼 앞으로 좋은 일이 있으실지도 모르겠네요."

바텐더가 빙긋이 웃으며 말했다.

"고양이를 따라왔는데……."

나우가 괜스레 목뒤를 어루만졌다. 생각을 거치지 않은 말이 제멋대로 튀어나왔다. 물론 고양이 때문이기는 했다. 골목에서 들려온 울음소리에 저절로 걸음이 멈췄고, 밤을 뭉쳐 놓은 듯 까만 녀석을 따라 여기까지 왔다. 비록 그렇다 한들, 굳이 장황한 설명은 필요 없겠지.

"사실 칵테일에 대해 잘 모릅니다."

나우가 재빨리 화제를 돌렸다.

"모르는 건 저도 마찬가지입니다."

바텐더의 검은색 눈동자가 전등에 반사되어 투명하게 빛났다.

"저희는 알코올이 들어간 칵테일은 팔지 않습니다. 무알코올 칵테일만 제조하죠."

그래도 괜찮냐, 묻듯 바텐더가 가만히 눈을 맞췄다. 나우가 대답 대신 몸을 돌려 구석의 젊은 남자를 흘깃거렸다. 그럼 저 사람도 그냥 음료수를 마시고 있다는 뜻일까?

"알코올이 들어간 건 없습니까?"

나우는 술을 좋아하는 편은 아니었다. 하지만 명색이 칵테일 바 아닌가. 분위기 좋은 곳에서 긴장이 풀릴 정도로만 즐기고 싶었다. 그런데 무알코올 음료라니, 어쩐지 심심한 기분이 들었다.

"네. 이곳의 모든 칵테일에는 알코올이 들어가지 않습니다."

무알코올 주류를 파는 곳이 늘어나고 있었다. 하지만 술을 전혀 판매하지 않는 칵테일 바라니? 그래서 이렇듯 손님이 없는 걸까?

"조금 아쉽네요. 가볍게 한잔하고 싶었습니다."

어색한 분위기를 빠져나갈 좋은 핑곗거리가 생겼다. 그러니 지금이라도 자리를 털고 나가야 하는데 이상할 정도로 몸이 무겁게 가라앉는 기분이었다. 바텐더가 머뭇거리는 나우를 향해 빙긋이 미소 지었다.

"칵테일에 꼭 알코올이 들어가야 하는 건 아니죠. 저희는 대신 조금 색다른 것을 넣습니다."

"어떤 거죠?"

물어보나 마나 한 질문이었다. 들어도 알 수 없을 것이고 그래 봤자 색이 화려한 과일 맛 음료에 지나지 않을 테니까.

"가볍게 한잔 즐길 수 있으실 겁니다."

어떤 메뉴를 선택하느냐보다 어디서 먹느냐가 중요한 세상이었다. 사람들은 때론 음식의 맛보다 분위기에 더 많은 신경을 썼다. 이곳은 어쩌면 바를 콘셉트로 한 카페인지도 몰랐다.

"다들 말하죠. 개는 충성스럽지만, 고양이는 그렇지 않다고."

바텐더가 나우를 향해 양쪽 입꼬리를 올렸다. 아름답고 매력적인 미소였다. 어딘가 기묘한 분위기가 느껴졌다.

"어때요?"

칵테일을 마실 거냐는 질문일까? 아니면 고양이? 아무래도 좋다는 듯 나우가 어깨를 으쓱해 보였다. 고양이는 그냥 흘리듯 한 말이었는데 그새 기억한 모양이다. 매일같이 손님들을 상대하는 직업 특성인지도 몰랐다.

"고양이를 키우십니까?"

바텐더가 몇 가지 음료를 셰이커에 넣고 흔들었다. 동작이 과하지 않고 깔끔했다. 은빛 셰이커가 하얗게 조명을 튕겨 내자 주위가 오로라처럼 색색의 빛으로 반짝였다.

"저는 아닙니다. 아는 친구가……."

나우가 말을 멈추고 짧은 한숨을 내뱉었다. 다 끝맺지 못한 이야기는 그렇게 흘러나왔다. 왜 하필 파란 눈의 검은 고양이였을까?

"고양이도 자신의 주인을 위해 충성합니다."

"고양이를 키우세요?"

나우의 질문에 바텐더가 글쎄요? 싶은 얼굴로 잔을 내려놓았다. 간판의 것과 똑같은 모양의 잔이었다. 그 속에 바다를 닮은 푸른색 음료가 들어 있었다.

"칵테일에는 저마다 이름이 있던데?"

나우가 물었다.

"블루 아이즈(Blue Eyes) 어떠세요? 손님을 이곳으로 데려온 영리한 녀석을 위해서. 검은 고양이는 신비한 마력이 있다고 하죠. 덕분에 손님과 귀한 인연을 만들지 않았습니까."

골목에서 봤던 고양이가 떠올랐다. 그 파랗고 영롱한 눈동자는 찰랑거리는 칵테일 색과 비슷했다. 잔으로 향하던 손이 돌연 허공에서 멈췄다. 나우가 고개 들어 바텐더를 바라보았다. 먼저 고양이 얘기를 꺼내긴 했지만…….

"제가 검은 고양이라고 말한 기억이……."

그때, 주머니에서 진동이 느껴졌다. 핸드폰을 확인한 나우가 빙긋이 웃고는 손가락으로 화면을 그었다.

"출장은 잘 다녀왔어? 많이 피곤하겠다."

나우는 통화를 하며 재킷 안주머니에 손을 넣었다. 보석함이 느껴지자 기분 좋은 긴장감이 전신을 훑어 내렸다. 또다시 심장 박동이 빨라지며 입안이 바싹바싹 말라 갔다. 검은 고양이라 말한 적 없는데 바텐더는 어떻게 알았을까? 하지만 지금 중요한 건 고양이 털 색깔 따위가 아니었다. 그가 조심스레 푸른빛 블루 아이즈가 담긴 잔을 들어 올렸다.

"아까는 바빠서 못 물어봤는데 낮에 누구 만난다고 하지 않았어?"

익숙한 목소리에 나우가 마른침을 삼키고는 더듬더듬 말을 이었다.

"어…… 대…… 대학…… 친구들."

"그럼 친구들이라 하지 무슨 아는 사람들이야."

왜 솔직하게 성진과 한민이라고 말하지 못했을까? 고등학교 친구들이란 사실을 애써 감추려 했을까? 아랫입술을 짓씹던 나우가 부러 환하게 웃었다.

"너 출장도 다녀왔으니까 우리 다음 주에 근사한 데서 저녁 먹을까?"

"그러자. 나 이번 프로젝트 끝나면 한숨 돌릴 수 있어."

한민이가 한 말은 사실이었다. 만약 그 녀석이 지금까지 살아 있다면 어떻게 될지 알 수 없다. 하지만 녀석은 더는 두 사람 곁에 존재하지 않는다. 앞으로도 영원히 존재할 수 없다. 지금 그녀 곁에는 나우가 있다. 누가 뭐라 하든 그것은 절대 변할 수도, 변해서도 안 되는 사실이었다.

"그럼 그날 끝나고 회사 근처로 갈게. 잘 자, 하제야."

잔을 기울이자 목 안으로 블루 아이즈가 흘러들었다. 알코올은 전혀 들어가지 않았는데 특유의 화한 쓴맛이 느껴졌다.

눈앞에 서 있는 바텐더는 하늘에 은가루를 흩뿌린 사막의 밤을 연상케했다. 아름답고 매력적이며 신비로운 얼굴이지만, 어딘가 서늘하고 날카로운 분위기를 풍겼다. 바텐더가 나우를 향해 싱긋이 미소를 보냈다. 칠흑처럼 검은 눈이 새하얀 전등불 아래 별처럼 반짝였다.

열아홉

✦

여전히 네가 존재하는 시간

1

블라인드 사이로 햇살이 스며들었다. 누군가 이른 아침부터 클랙슨을 눌러 대더니 거친 엔진 소리를 내며 아파트를 빠져나갔다. 소음이 사라지자 간간이 새소리가 들려왔다. 어떻게 집에 돌아왔는지 기억나지 않았다. 분명 알코올은 아니라고 했는데. 혹여 이상한 약이라도 탄 걸까? 관자놀이에 투명 딱따구리 한 마리가 매달린 기분이었다. 머리를 뒤흔드는 통증에 저절로 끙 소리가 흘러나왔다.

"뭐 해, 지각이야! 어서 일어나!"

"오늘 부장님, 과장님 모두 출장이야. 여유 있게 가도 돼."

"이게 아직도 꿈나라네. 안 일어나? 대한민국 고3이 왜 이렇게 게을러?"

벌컥 방문이 열릴 때만 해도 상상하지 못했다. 엄마가 말한 지 각의 의미가 무엇인지. 눈을 떴을 때 제일 먼저 보인 건, 기억에 서도 사라진 교복이었다. 책장에는 각종 참고서와 문제집이 꽂혀 있었고, 책상에는 오래전에 썼던 낡은 컴퓨터가 놓여 있었다. 엄마의 말처럼 아직도 꿈속인가 싶었다. 나우가 힘겹게 상체를 일으키고는 두 손으로 얼굴을 쓸어내렸다.

"뭐야, 교복을 왜 꺼내 놨어. 저게 아직도 있어?"

"야, 정신 좀 차려. 엄마 아침에 회의 있어서 빨리 가야 해."

밖으로 나가려던 엄마가 주춤 멈춰서 몸을 돌려세웠다.

"너 계속 톡 오더라. 이내가 학교 같이 가자는 거 아니야? 너도 빨리 정신 차리고 학교 갈 준비해. 엄마 출근한다. 시리얼 먹고 가. 참, 식탁에 돈 올려놨어. 그걸로 어제 말한 문제집 사."

머릿속이 윙윙거려 도저히 정신을 차릴 수가 없었다. 눈을 뜬 채로 꿈을 꾸는 기분이었다. 엄마가 방을 벗어나기 무섭게 현관 문 닫히는 소리가 들려왔다.

"엄마, 무슨 소리야. 이내는……."

그때, 톡 알림음이 울렸다. 나우가 고개를 돌린 곳에 핸드폰이 놓여 있었다. 요즘에는 쉽게 볼 수 없는, 이미 단종된 기종이었다. 꿈이라면 너무 생생해 소름이 돋았고, 현실이라면 말이 되지 않았다. 나우가 손을 뻗어 핸드폰을 낚아챘다.

— 오늘은 먼저 간다.

핸드폰을 쥔 손이 멋대로 떨렸다. 톡과 함께 '강이내' 세 글자가 번쩍였다. 나우가 팅기듯 일어나 거칠게 방문을 열어젖혔다.

거실에 있던 커다란 안마의자가 사라졌다. 대리석 식탁 대신 오래되고 낡은 원목 식탁이 놓여 있었다. 주방에는 인덕션이 아닌 가스레인지가 있었고, 베란다 빨래 건조대에는 기억에서도 사라진 고등학교 체육복이 널려 있었다.

"아니야. 이럴 리 없어."

나우는 욕실에 들어가 찬물로 세수를 했다. 약인지 술인지 정신을 차릴 수 없지만 어쨌든 출근할 시간이었다. 그러니 어서 빨리 이 빌어먹을 꿈에서 깨어나야 했다. 고개를 들자 거울 속에 낯선 얼굴이 있었다. 손을 들어 턱 밑을 만지니, 거울 속 소년도 똑같이 턱을 쓰다듬었다. 면도하다 가끔 턱을 베이던 열아홉 나우가 넋 빠진 얼굴로 그를 바라보고 있었다.

"말⋯⋯ 말도 안 돼."

나우는 도망치듯 욕실을 빠져나왔다. 방으로 들어가 급한 대로 벽에 걸린 교복을 낚아챘다. 책상과 침대 밑을 살피며 차 키를 찾다가 그만 아차 싶은 표정을 지었다. 만약 이 생생한 꿈이 13년 전이라면 아직 운전면허조차 없을 거였다. 지갑을 찾는 일도 무의미했다. 신용카드 역시 있을 리 없겠지. 교복 주머니에는 3천

원이 전부였다. 나우는 식탁에 놓인 만 원짜리 두 장을 움켜쥐고
현관을 빠져나왔다.

"모라 빌딩이요."

택시에 타기 무섭게 목적지를 말했다.

"어디요?"

택시 기사의 목소리가 탁하게 갈라졌다.

"모라 빌딩이요. 광장 시계탑 있는 곳."

다급히 말하자 기사가 룸미러를 흘낏거렸다.

"이봐요, 학생. 어디를 말하는 거야? 무슨 시계탑?"

모라 빌딩은 나우가 대학교 2학년 때 완공된 건물이었다. 그로
부터 1년 뒤 시계탑이 세워졌으니, 현시점이라면 건물 조감도조
차 나오지 않았을 터다.

"지하철역 3번 출구요."

끙 소리와 함께 택시가 출발했다. 룸미러 속에서 수상한 눈초
리가 번뜩였다. 그러나 나우는 아무 생각도 할 수 없었다. 몸의
감각조차 마비된 기분이었다. 차창 밖으로 익숙하면서도 생경한
거리가 스쳐 지나갔다. 오래전에 사라진, 아니 머지않아 사라질
가게들과 식당들이 즐비했다. 나우가 두 손으로 거칠게 얼굴을
쓸어내렸다.

"무슨 일이신가? 교복 입은 학생이 이 시간에 학교에 안 가고?"

그건 정작 나우가 묻고 싶었다. 출근해야 할 시간에 교복을 입고 지금 자신이 어디로 가고 있는지, 알 수 없었다. 관자놀이에는 여전히 투명 딱따구리가 매달려 있었다. 머리뿐 아니라 영혼까지 사정없이 쪼아 대기 시작했다.

택시에서 내린 후, 나우는 미친 듯이 거리를 뛰었다. 두 다리에 스프링이라도 달린 듯 몸이 가벼웠다. 그 생생한 감각만으로도 알 수 있었다. 이 말도 안 되는 순간이 절대 꿈이 아니라는 사실을…….

시계탑이 사라진, 아니 아직 들어서지 않은 광장은 휑뎅그렁했다. 낡은 건물에는 오밀조밀 상가가 들어차 있었다. 불과 하루 만에 세상은 완전히 뒤집혀 있었다. 다행인지 불행인지 건물 사이 골목은 여전했으며 그 끝에는 놀랍게도 네온사인 불빛이 사라진 칵테일 잔 간판이 보였다. 나우가 한걸음에 달려가 문 앞에 멈춰 섰다. 어깨를 들썩이며 턱 끝까지 차오른 숨을 골랐다.

아직 영업 전이지만, 그런 것 따위 아무래도 좋았다. 문이 안 열린다면 강제로라도 열고 들어갈 참이었다. 힘껏 밀어젖힌 문은, 그러나 기다렸다는 듯 아무 저항 없이 부드럽게 열렸다. 마치 나우가 이 시간에 올 것을 예감한 것처럼.

"죄송합니다, 손님. 아직 영업 전입니다."

간밤에 본 바로 그 바텐더였다. 검은 눈이 반원을 그리며 나우를 향해 싱긋이 웃었다. 전혀 귀엽지 않은 나비넥타이도 여전했다.

"그리고 미성년자는 출입할 수 없는데요."

"나는……."

"하루 사이에 참 젊어지셨네요. 비결 좀 알려 주시겠어요? 몸에 좋은 건 같이 먹자고요."

머리 위로 쇳덩어리가 떨어지는 기분이었다. 바텐더는 알고 있었다. 나우가 누구인지, 하룻밤 사이에 무슨 일이 벌어졌는지 저 기묘한 남자는 이 말도 안 되는 사건 전부를 알고 있었다. 나우의 예상은 틀리지 않았다. 검은 고양이를 따라온 이상한 바. 이곳에서 마신 푸른 칵테일 한 잔이 세상을 정확히 13년 전으로 되돌려 놓았다.

"어떻게 된 거야? 나에게 무슨 짓을 한 거냐고!"

"이런. 보아하니 어린 학생인 것 같은데, 이렇게 반말을……."

"닥치고 대답이나 해. 지금 나 어디에 있는 거야?"

바텐더가 짧은 한숨과 함께 손목에 찬 시계를 내려다보았다.

"오전 9시가 조금 지났네요. 오늘은 20××년 9월 3일 목요일입니다."

20××년이라면 13년 전이고, 나우가 대입을 준비하던 고3 시절이다.

"9월 3일?"

"네. 제가 시계 마니아입니다. 시계 고르는 눈이 아주 까다롭죠. 제법 비싼 녀석이라 시간은 물론 날짜와 연도까지 매우 정확하답니다."

바텐더의 너스레는 전혀 귀에 들어오지 않았다. 환청처럼 엄마의 목소리만 또렷했다.

'너 계속 톡 오더라. 이내가 학교 같이 가자고 하는 거 아니야?'

13년 전 9월 3일이면 아직 이내가 살아 있는 시간이다.

나우가 힘없이 풀썩 의자에 주저앉았다. 눈앞이 하얗게 부서져 내려 더는 똑바로 서 있을 수가 없었다.

"어떻게 이런 일이…… 내가 왜 과거로 돌아와야 하는데?"

시계를 보던 바텐더가 주먹을 입에 대고는 큼큼 헛기침했다.

"여긴 과거가 아닙니다. '그분의 세계'입니다."

나우가 고개를 들어 바텐더의 검은 눈과 마주했다.

"그분이라니?"

"이 세계를 만든 분이죠."

"이 세계를 누가 대체 왜 만들었는데?"

나우가 고개를 내저으며 소리쳤다.

"아니 그 잘난 세계와 나는 무슨 관계가 있는데? 내가 왜 지금 여기에 있냐고!"

"그분이 원하시니까요."

"빌어먹을 말장난 집어치워."

바텐더가 입가에 미소를 지우고는 짧은 한숨을 내쉬었다.

"말장난이 아닙니다. 손님은 지금 이 세계에 열아홉의 모습으로 존재하지 않습니까. 그것이 현실입니다. 다른 건 없습니다."

"그 이유가……."

"우선 전화부터 받으시는 게 어떨까요? 아까부터 시끄럽게 진동음이 울리고 있습니다."

바텐더가 희고 긴 손가락으로 교복 주머니를 가리켰다. 나우가 핸드폰을 꺼내 창백하게 굳은 얼굴로 화면을 보았다.

"받아 보시는 게 어떨까요?"

애써 진정하려 해도 온몸이 부들부들 떨렸다. 전화를 받기 무섭게 성마른 목소리가 텅 빈 홀을 울렸다.

"여보세요? 나우? 나우야. 너 어디야. 이 새끼야, 지금 어디냐고. 여보세요? 여보세요?"

두근거리던 심장이 한순간 멈춰 버렸다. 진공상태에 갇힌 듯 아무 소리도 들리지 않았다. 나우가 겁에 질린 눈으로 바라보자 바텐더가 괜찮다는 듯 고개를 끄덕였다.

"너…… 너…… 이내야? 진짜 강…… 이내?"

목소리가 제멋대로 갈라져 나왔다. 목 안에 수백 개의 바늘이 꽂힌 기분이었다. 나우가 꿀꺽 마른침을 삼켰다.

"이 미친 새끼. 너 지금 어디야? 5반 담임이 너희 엄마한테 전화했잖아. 너 학교 안 왔다고. 전화도 안 받고 집에도 없고, 지금 학교고 너희 집이고 완전히 뒤집혔어. 이 새끼야, 너 대체 어디에 처박혀 있는 거야."

진짜 이내였다. 13년 아니 130년이 지나도 잊을 수 없는 바로 그 목소리가 분명했다.

"여긴 과거가 아니라고 했잖습니까. '그분의 세계'입니다."

핸드폰에서는 왕왕 이내의 목소리가 터져 나왔다. 환청도 신기루도 아닌, 모든 것이 너무 선명한 이곳은 진짜 세상이었다.

2

"내가 잉크라고 하니까 담임이 너 만년필 쓰냐? 이러는 거 있지?" 해맑게 배시시 웃던 얼굴에서, "야! 내 말 듣고 있어?" 곧바로 짜증 섞인 편잔이 날아들었다.

고개를 돌리니 이내가 있었다. 눈앞의 녀석은 여전히 신기루처럼 보였다. 손을 뻗으면 흔적없이 사라질 듯 투명하게 느껴졌다.

"너 요 며칠 왜 이래? 진짜 무슨 일 있는 거야?"

나우가 대답 대신 머리를 쓸어 넘겼다. 손끝에 느껴지는 감각이 선명해 팔뚝에 오스스 소름이 돋았다. 오늘 아침에도 같은 생각을 했다. 이 모든 상황이 전부 꿈이기를, 너무 생생해 진저리쳐지는 백일몽이기를 바랐다. 아주 간절하게…….

그러나 눈을 떴을 때 제일 먼저 보이는 건 옷걸이에 아무렇게나 걸어 놓은 교복과 낡은 책상, 그리고 그 위에 던져 놓은 가방이었다. 이틀 전과 비교해 조금도 달라진 게 없었다. 시간이 멈춘 것 같았다. 아니 역으로 흘러가고 있었다.

"있잖아. 나는…….."

목구멍에서 손톱으로 벽을 긁어내리는 소리가 흘러나왔다. 누군가 입안에 톱밥 한 움큼을 집어넣은 것 같았다. 좀처럼 말이 나오지 않았다.

"너는 뭐?"

이내가 되묻자 나우는 반쯤 벌어진 입술을 다물었다.

"아니야."

"싱겁기는…….."

귓가에 쯧 소리가 날아오더니 다시 이야기가 이어졌다.

"야, 하제가 주말에 서점 같이 가재. 걔는 맨날 나랑만 뭘 하재?"

큭큭 소리 내어 웃던 녀석이 또다시 미간을 구겼다.

"너 왜 가만있냐? 정말 무슨 일 있어? 지금 당장 말해. 롸잇 나우!"

'하제가 나랑 같이 뭐 하재.' 녀석은 습관처럼 말했고 입버릇처럼 장난을 쳤다. 그럴 때마다 나우는 왈칵 짜증을 토해 냈다. 유치하고 재미없는 말장난이라며 툴툴거렸다. 녀석이 알고 있는 건 딱 거기까지였다. 그 후에 일어날 일은 알지 못했다. 결코 알 수 없었다.

"너 뭐 있지? 무슨 일이야. 롸잇 나우라고 해도 가만히 있네?"

나우가 두 번째로 싫어했던 놀림이었다. 모두 이름으로 이죽거리는 유치한 장난이니까. 그러나 이 어린아이 같은 말장난도 전혀 들리지 않았다. right now. 지금 당장 해야 할 것이 무엇인지 정작 그 이름의 주인은 알 수 없었다.

"뭔 말을 해야 알 거 아니야."

녀석이 팔을 낚아채자 나우가 힘없이 돌아섰다. 피부에 느껴지는 서늘함이 온몸으로 퍼져 나갔다. 말을 하면 믿을까? 아니 과연 무엇을 어디서부터 얘기할 수 있을까? 짙은 암갈색 눈동자가 불안하게 흔들렸다.

'너 곧 죽어. 며칠 후면 너 진짜 죽는다고.'

앞으로 5일 뒤 이내는 죽는다. 언제 어디에서 어떻게 죽는지도 알고 있다. 그러니 앞으로 5일 뒤 그 시각 그 장소에 이내를 보내지 않으면 된다. 만약 그 사고만 막는다면 눈앞에서 생글거리는 이 녀석을 살릴 수 있을 것이다.

"야, 너 어디 아픈 거⋯⋯."

이내가 말을 멈추고 주머니 속 핸드폰을 꺼내 들었다. 그러고
는 "얘도 양반은 못되네" 말하며 손가락으로 화면을 그었다.

"어, 하제야. 왜?"

그 한마디가 송곳이 되어 나우의 머릿속을 관통했다. 관자놀이
가 쿵쿵거리며 벌떡였다. 나우는 신음과 함께 입술을 짓씹었다.

신을 만났다고 믿었다. 어쩌면 악마인지도 몰랐다. 그냥 두 존
재가 동시에 나타났구나 싶었다. 그런데 정작 자신을 향해 웃는
쪽이 누구인지 알 수 없었다. 자비로운 신인지, 짓궂은 악마인
지⋯⋯. 머릿속이 정리 안 된 전선들처럼 엉망으로 뒤엉켜 버렸
다. 금방이라도 터질 듯 어지럽고 혼란스러웠다. 이 카오스 속에
서 멀쩡한 스스로가 이해되지 않았다.

그래, 눈앞의 이내는 살아 있고, 이 녀석을 다시 만난 건 커다
란 행운이었다. 신의 자비이자 엄청난 기회였다. 이번만큼은 이내
를 죽음의 늪에서 건져 올릴 수 있을 테니까. 이렇듯 말도 안 되
는 상상이 현실이 됐는데 나우는 오히려 주춤거렸다. 거짓말 같
은 행운을 얻기 위해서는 자신의 삶 전부를 잃어야 하니까. 믿을
수 없는 기회를 준 신을 원망할 수밖에 없었다. 아니, 이토록 엄
청난 혼돈 속에 인간을 떨어뜨린 거라면 결국 고약한 악마의 장
난임이 틀림없었다.

"진짜? 그럼 이따 가야지. 밥은 먹어야 하잖아. 안 그래도 지금 옆에 있다."

이내가 흘낏 제 옆의 나우를 곁눈질했다.

"알았어. 저녁에 거기서 봐. 학교 끝나면 바로 톡 할게."

통화를 끝내기 무섭게 녀석이 나우의 목을 휘감았다. 살아 있는 이내를 느끼자 등허리에 시린 냉기가 훑고 지나갔다.

"하제가 이따 학원 가기 전에 같이 저녁 먹잔다. 걔네 동네 중식당 새로 오픈했는데 홀에서 먹으면 반값이래. 나랑 같이 오래. 가자."

나우가 목에 감긴 이내의 팔을 풀어내고는 걸음을 옮겼다.

"아니 그런데 저 자식이 미쳤나? 롸잇 나우, 너 진짜 오늘 왜 이래."

나우는 차라리 자신이 미쳤기를 바랐다. 눈앞에 보이는 모습이, 귀에 들려오는 음성이, 피부에 느껴지는 이 생생한 감각이 모두 허상이기를 간절히 원하고 또 바랐다.

나우가 걸음을 멈추고 몸을 돌려 이내와 마주 섰다.

"하제, 면 음식 안 좋아해."

"웃기고 있네! 하제가 짜장면을 얼마나 좋아하는데."

하제는 중식을 좋아했다. 그중에서도 짜장면을 즐겨 먹었다. 적어도 오래전에는 그렇게 믿었었다. 그런데 아니었다. 하제가 늘 짜장면을 먹은 건 오직 하나의 이유 때문이었다.

"그건……."

바로 눈앞에 있는 누군가를 위해서였다. 이렇듯 완전한 모습으로 웃고 떠들며 장난치는 저 녀석 때문이었다. 나우가 말을 멈추고 뒤돌아 교문을 향해 걸었다. 습관처럼 교복 안주머니를 더듬어 보았지만 손에 잡히는 건 없었다. 뜨겁게 뛰던 심장이 멈춰 버린 것 같았다. 숨이 잘 쉬어지지 않았다. 그가 이곳, 정확히 이 시간으로 떨어진 지 벌써 이틀이 흘렀다.

3

누군가 툭툭 나우의 팔을 쳤다. 그제야 창밖에 묶여 있던 시선이 돌아섰다. 옆자리에는 짧은 머리의 성진이 앉아 있었다. '너 뭐 해?' 녀석이 입을 벙긋거리기 무섭게 쩽한 목소리가 날아들었다.

"밖에 로또 번호라도 쓰여 있냐? 어디를 보고 있어? 너 일어나."

또 멍하니 정신을 놓고 있었다. 이 상황에서 온전한 정신으로 사는 것도 불가능할 테지만……. 나우가 양손으로 책상을 짚고 천천히 몸을 일으켰다. 드르륵 의자 밀리는 소리가 무덤가처럼 가라앉은 교실을 울렸다.

"내가 말했지? 너희들은 올 한 해 삶에서 가장 지독한 아홉수를 넘겨야 한다고. 안 그러면 더 끔찍한 재수를 한다고 했냐, 안 했냐? 너희 열아홉 고3이야. 정신 안 차려?"

열아홉이란 소리에 저절로 헛웃음이 흘러나왔다.

"너, 내 말이 웃겨?"

수학 선생님이 날 선 눈빛으로 노려보았다. 문득 궁금한 생각이 들었다. 선생님은 지금도 학교에 계실까? 여전히 고3들에게 인생에서 가장 지독한 아홉수를 설파하실까. 지금은 대학이 전부가 아닌 세상이 되었는데. 다만 문제는 정확히 언제가 '지금'이냐는 것이었다.

"죄송합니다. 잠시 딴생각을 했습니다. 정신 차리겠습니다."

나우가 꾸벅 고개를 숙였다. 아니 그저 말뿐이었다. 정신을 차려야 하는데 정작 그 방법을 알 수 없었다. 제발 누가 가르쳐 주기를 바랐다. 까만 두 눈의 바텐더가 환영처럼 스쳐 지나갔다.

고개를 들자 반 아이들의 시선이 일제히 한곳으로 모였다. 수학 선생님이 한심하다는 표정으로 쯧쯧 혀를 찼다.

"야, 너 하나만 해라. 선생 말에 혼자 피식거리던 녀석이 갑자기 말투가 그게 뭐야?"

사방에서 키득거리는 웃음이 날아들었다. 나우가 질끈 두 눈을 감았다. 앉으라는 말과 동시에 수업 끝을 알리는 종이 울렸다.

"얼마 안 남았다. 지금 공부 안 하고 허송세월 보내면 누구한테 미안해?"

그 즉시 맨 앞자리에서 '부모님'이라는 대답이 터져 나왔다.

"인마 부모님이 아니라, 미래의 자신한테 미안한 거야. 알아? 미
래의 나한테 원망 듣기 싫으면 지금이라도 이 악물고 죽을 만큼
공부해. 열심히 하면 미래의 내가 기특해할 거다."

수학 선생님이 뒤돌아 교실을 나갔다. 여기저기서 나직한 욕설
들이 들려왔다.

"잠시 딴생각을 했습니다. 정신 차리겠습니다."

성진이 근엄한 목소리로 말하고는 툭 나우의 어깨를 때렸다.

"여기가 군대냐? 지난번에 우리 형 퇴근했는데 과장인가한테
전화 왔었거든. 딱 그때 그 말투다. '죄송합니다. 제가 깜빡했습니
다. 내일 바로 수정하겠습니다.'"

녀석이 미심쩍은 듯 두 눈을 가늘게 떴다.

"나우 너 집에 무슨 일 있냐? 요 며칠 왜 그래? 모범생이 학교
땡땡이에, 툭하면 수업 시간에 멍때리고, 네 번호도 모르고, 급식
도 안 먹고, 말투까지 바뀌고. 진짜 왜 그러냐고."

"혼란스러워서 그래."

나우가 두 손으로 얼굴을 쓸어내렸다. 뭐가? 물으며 성진이 가
까이 의자를 끌어와 앉았다.

"어떻게 하면 미래의 나에게 미안해하지 않을까."

수학 선생님의 충고는 틀리지 않았다. 지금 어떻게 해야 미래의 나에게 원망을 듣지 않을지 나우의 머릿속은 온통 그 생각뿐이었다.

"미친 새끼야. 그럼 정신 차리고 공부해."

버럭 소리를 지르던 녀석이 돌연 풀 죽은 얼굴로 어깨를 늘어뜨렸다.

"하긴 나보다 공부 잘하는 너한테 뭔 충고냐. 우리 엄마가 사람은 죄짓고 살면 안 된다고 했거든. 아 진짜 미래의 나 새끼한테 죄짓기 싫으면 나야말로 이 미친 짓거리 그만둬야 하는데."

성진이 말한 미친 짓거리는 과연 무엇일까. 지금은 쓸데없다고 생각하는 그 일이 앞으로 녀석을 어떤 삶으로 인도할지, 정작 당사자는 모르고 있었다.

"김성진, 너……."

"그래도 어제 댓글 열 개나 달렸어. 그거 보는데 되게 신기하고 괜히 가슴도 뛰더라."

"그러니까……."

"됐다, 됐어. 너 무슨 말 하려는지 이 형님도 다 알아. 나도 이번이 진짜 마지막이다. 더는 안 해. 우리 엄마 나 밤새 공부하는 줄 아는데, 나도 사람 새끼면 그만 정신 차려야지."

복도에서 녀석을 부르는 목소리가 들려왔다. 성진이 자리에서 일어나 뒷문으로 걸어갔다.

"너 아주 대단한 녀석이야. 알아 인마?"

멀어지는 성진의 뒷모습을 보며 나우가 중얼거렸다.

눈앞에 펼쳐지는 순간순간이 영화의 한 장면처럼 현실감 없이 흘러갔다. 똑같은 교복에 비슷한 머리 스타일을 하고 말끝마다 욕설을 내뱉으면서도 무엇이 좋은지 시시덕거리는 얼굴들, 열아홉 소년에게 풍기는 특유의 냄새와 사륵사륵 책장 넘기는 소리, 커터 칼 자국으로 오돌토돌한 책상. 시각, 청각, 후각, 촉각까지 모든 순간을 선명하게 감지하고 있는데, 여전히 꿈인 듯 몽롱하고 어지러웠다. 같은 교복을 입고 같은 공간에 앉아 있는 아이들이 마냥 낯설었다. 교실의 누구도 나우가 왜 이곳에 있는지 전혀 모르고 있었다. 그 명확한 이유는 나우 역시 알 수 없었다.

이 세계에서도 시간은 흘렀고 그렇게 하루가 저물어 갔다. 노트에 뭔가를 끄적거리던 성진이 고개 들고는 나우를 향해 배시시 웃었다.

"아니 그래도 끝은 맺어야 할 것 아니야. 너무 그렇게 보지 마라."

"내가 어떻게 봤는데?"

성진이 가방에 노트를 넣으며 중얼거렸다.

"뭘 어떻게 봐? 한심하게 봤겠지. 고3씩이나 되어서……."

성진이 말을 멈추고는 느리게 두 눈을 끔뻑였다.

"야 너 왜 조용하냐? 그렇게 잘 아는 새끼가 어쩌고저쩌고 한
바탕 잔소리를 늘어놔야지?"

"내가 그랬냐?"

"어. 며칠 전까지는."

나우는 성진이 며칠 전이라고 하는 시간을 가늠해 보았다. 사
흘 전일까? 적어도 이틀 전은 아니었을 것이다. 그때의 나우는 지
금과는 전혀 다른 존재였을 테니까.

"미안하다. 내가 괜한 소리를 했어."

나우가 어깨를 다독이자 성진이 놀란 듯 두 눈을 크게 떴다.

"야! 차라리 정신 차리라고 한 대 쳐라. 너 자꾸 이상한 소리
하니까 무서워지려고 한다."

"그게 너 말이야……."

"알았다고. 이번이 마지막이야. 그래도 시작한 거 끝은 봐야지.
나 먼저 간다."

성진이 가방을 메고 도망치듯 교실을 빠져나갔다. 높은 확률로
녀석은 오늘 밤을 새울 것이다. 내일이면 퀭한 눈으로 등교를 하
겠지. 그렇게 수업 시간 내내 졸다가 선생님들에게 돌아가며 한
소리씩 들을 것이다. 새벽까지 작업하던 성진의 습관은 이때부터
시작되었으리라. 나우가 고개 돌려 운동장을 내려다보았다. 이렇
게 또 하루가 저물어 가는데 엉망으로 뒤엉킨 삶의 실타래는 그

끝이 어디인지조차 찾지 못했다. 나우가 자리에서 일어나 문을 향해 걸어갔다.

"정말 안 갈 거야? 하제가 너랑 꼭 같이 오라고 했어."

"나 갈 데가 있어."

이내가 크게 보폭을 옮겨 앞을 가로막았다.

"어디?"

나우의 시선은 줄곧 발끝에 머물러 있었다. 고개를 들기 싫었다. 그렇게 살아 있는 이내와 또다시 눈을 맞추기가 두려웠다.

"넌 모르는 곳이야."

운동화를 내려다보며 나우가 중얼거렸다.

"내가 모르는 곳이 어딘데?"

이내가 모르는 곳이 어딘지 말하고 싶었다. 그 세계는 이곳과 전혀 다르다고. 아마 말해 줘도 믿지 않을 테지. 말해 봤자 미친놈 취급만 당할 테지. 어쩌면 자신이 진짜 미쳤는지도 모른다고 생각했다. 그렇게 믿는 쪽이 이 세계를 살아가는 데 더 편할 테니까.

"너 혹시 좋아하는 애라도 생겼어?"

그 한마디가 훅 하고 가슴을 때렸다. 나우가 고개를 들어 이내와 마주했다.

"만약 그렇다면?"

커다란 눈이 느리게 끔뻑였다. 다소 놀란 듯했지만, 곧 그럴 리 없다는 표정으로 바뀌었다.

"내가 널 몰라? 네가 좋아하는 애가 생겼다고? 누구? 어디서 만났는데?"

어디서 처음 만났을까? 5년…… 그러니까 이 세계를 기준으로 보자면 정확히 4년 전 처음 만났다. 그날 얌전히 엄마 심부름만 했다면 모든 것은 달라졌을까? 정말 그랬다면 어쩌면 이렇듯 뒤 엉킨 세상 속에 떨어지지 않았을 테지. 지금 눈앞에 있는 녀석을 끌어안고 마음껏 기뻐하며 천금 같은 기회를 준 신에게 감사했겠지.

"거봐, 말 못 하잖아. 핑계를 대려거든 좀 그럴싸하게 대라. 내가 널 모르겠냐? 어디서 말도 안 되는……."

나우가 걸음을 옮겨 운동장을 가로질렀다. 그 순간 강한 힘이 팔을 낚아채 나우를 돌려세웠다. 눈앞의 얼굴이 너무 선명해 소름이 끼쳤다.

"너 지난주에 내가 약속 어겨서 그런 거지? 그래서 여태 꽁해 있는 거 아니야?"

지난주에 무슨 약속을 했는데? 지난주가 정확히 언젠데? 목구멍까지 치받치는 질문을 가까스로 내리눌렀다. 아무리 기억을 더듬어 봐도 머릿속에 떠오르는 게 없었다.

"그럼 솔직하게 말하지 그랬어. 하제한테 가 보라고 한 사람은

너였잖아. 영화는 다음에 봐도 된다고 네가 내 등 떠민 거 기억
안 나?"

"내가?"

나우가 물었다. 이내의 얼굴에 또렷한 비웃음이 지나갔다. 아
무리 화를 내고 다그쳐도 소용없었다. 나우는 정말 아무것도 기
억할 수 없었다.

"여친이 새벽에 응급실까지 다녀왔는데 남친이란 인간이 친구
랑 영화나 보러 가면 퍽이나 좋겠냐고 한 건 너야. 그런데 내가
진짜 가 버리니까 화난 거 아니야? 그러게 왜 유치하게 사람을
떠봐."

정말 그런 일이 있었을까? 만약 그랬다면 이내를 보낸 건 진심
이었을 것이다. 영화를 보기 싫은 쪽은 오히려 열아홉의 나우였
겠지. 하제가 왜 응급실까지 실려 갔는지 그 걱정에 혼자서 전전
긍긍했을 테니까.

"너 떠본 거 아니야. 그러니까 괜한 소리 하지 말고 나 좀 내버
려둬."

나우가 힘없이 걸음을 옮겼다. 그 앞을 이내가 한 번 더 막아
섰다.

"아니긴 뭐가 아니야. 너 나한테 꽁해 있잖아. 내가 널 몰라?"

"네가 날 어떻게 알아?"

이내는 아무것도 모른다. 나우가 지금 얼마나 큰 혼돈 속에, 무방비 상태로 던져졌는지 절대 눈치챌 수 없다. 지금껏 쌓아 온 삶이 한순간에 무너져 내렸는데, 그 사실을 고작 열아홉의 이내가 어떻게 알 수 있을까. 머릿속에는 온통 성적, 등급, 대학, 내신뿐인 10대가, 자신의 삶에 무엇이 기다리고 있는지 한 치 앞도 모르는 바보 같은 녀석이, 얼굴에는 여전히 솜털 가득한 어린 소년이 과연 나우에 대해 무엇을 얼마만큼 알고 있을까?

"미친 새끼."

이내가 한쪽 입꼬리를 올렸다.

"내가 모르면 이 세상에서 누가 널 알겠냐?"

"강이내!"

멀리서 누군가 녀석의 이름을 소리쳐 불렀다. 이내가 목소리를 향해 고개를 돌리자 나우도 자연스레 시선을 옮겼다. 눈에 익은 얼굴이 본관 건물에서 손을 흔들고 있었다. 나우가 같은 반 성진과 친했듯, 이내도 저 녀석과 곧잘 붙어 다녔다. 학교 다닐 때는 넷이 자주 어울려 놀았는데, 그렇게 시작된 인연은 생각보다 오랫동안 지속되었다. 어쩌면 시간이 너무 빨리 흘렀는지도 몰랐다.

"박한민!"

이내가 건물을 향해 손을 흔들었다. 멀리서 연거푸 재채기 소리가 들려왔다. 가을은 박한민의 비염으로부터 시작된다는 농담이 떠올랐다. 비염에 좋다는 건 다 해 봤지만 소용없었다. 한민은 서른이 넘도록 계절의 변화를 재채기로 감지했다. 공원 벤치에 앉아 코를 훌쩍 들이마시던 서른둘의 녀석이 떠올랐다. 생각해 보니 덧없는 시간의 흐름 속에서도 절대 바뀌지 않은 것이 있었다.

"알았어. 기다려."

이내가 나우를 지나쳐 한민에게로 향했다. 삐딱하게 걸어가는 뒷모습을 보니 화가 단단히 난 모양이었다.

"그래, 적어도 그때는······."

나우가 뒤돌아 터벅터벅 교문을 향해 걸음을 옮겼다.

"그런데 지금은 내가 너를 가장 잘 알고 있어."

이내와는 유치원 입학식 날 처음 만나 초중고까지 함께 다녔다. 15년 넘게 단짝으로 지내다 보니 친구보다 형제에 가까웠다. 두 사람 모두 외동인 데다 엄마들의 나이도 엇비슷했다. 서로의 집에서 먹고 자는 일이 자연스러웠다. 이내는 나우네 집 주방 선반에 뭐가 있는지 훤했고, 나우는 이내 방에 자신의 새 베개를 가져다 놓았다. 블록과 장난감을 가지고 놀던 두 꼬마는 나란히 앉아 디즈니 영화를 보았다. 웹툰에 빠져 있다가, 일본 애니메이션에 열광하기도 했다. 부모님 몰래 야한 영상을 보았고, 어른들이 없는 틈을 타 과일주를 마셔 보기도 했다. 다정히 두 손을 꼭 잡고 다니던 어린이들은, 어느덧 엄마의 키를 훌쩍 넘어서더니 아버지와의 팔씨름에서도 밀리지 않는 소년이 되었다. 15년은 산천이 바뀔 만큼 긴 세월이었고, 하룻밤 꿈처럼 짧은 시간이기도 했다. 이제 이 시간은 과연 어디로 흘러갈까. 그때도 여전히 이내가 곁에 있을까? 나우가 습관처럼 교복 안주머니를 건드려 보았다. 그러나 손끝에 느껴지는 건 아무것도 없었다.

지하철역을 나와 지상으로 올라온 나우는 눈에 익은 건물들을 지나 좁은 골목으로 들어섰다. 어디선가 미야옹 소리가 들려오는 듯해 주위를 두리번거렸다. 그러나 어디에도 검은 고양이는 보이지 않았다. 골목 끝까지 왔지만 칵테일 잔의 네온 간판은 없었다. 아직 영업시간 전이라 불을 꺼 놓은 걸까? 그가 주춤주춤다가가 어둠에 싸인 주변을 서성였다.

"분명 여기가 맞는데?"

지금 세계로부터 13년 후에 처음 발견한 곳이었다. 무려 이틀 전에도 찾아왔다. 이른 아침에도 문이 열려 있었는데, 칵테일 바는 흔적도 없이 사라져 버렸다.

지하철역 출구도 정확했고 건물 사이 좁은 골목도 틀림없었다. 길을 잘못 들어선 것은 아니었다. 하지만 바가 있어야 할 자리에…….

"학생! 거기서 뭐 해?"

불 꺼진 건물을 기웃거리는데 쩌렁쩌렁한 목소리가 날아들었다. 나우가 흠칫 놀라 재빨리 몸을 돌려세웠다. 한 중년 남자가 미간에 굵은 주름을 만들며 나우를 노려보고 있었다.

"그 안을 왜 훔쳐보는데?"

"여…… 여기가."

"보다시피 금은방이잖아."

며칠 전까지만 해도 바가 있던 곳이었다. 지금은 거짓말처럼 귀금속 전문점으로 바뀌어 있었다. 10대 학생이 기웃거리는 곳이 하필 고가의 보석을 파는 상점이라니. 주변 사람들이 경계하는 것도 절대 무리는 아닐 테지.

"왜, 금붙이라도 사러 왔어? 거기 오늘 쉬는 날인데?"

"칵테일 바 아니었어요?"

불 꺼진 귀금속 전문점을 훔쳐보는 것도 의심스러운데 교복 입은 학생이 칵테일 바를 찾는다니. 남자가 의구심 가득한 얼굴로 나우를 향해 굵은 눈썹을 움찔거렸다.

"내가 그 집에서 우리 딸 돌 반지를 샀는데, 반지 주인이 올해 중학교 입학했어."

귀금속 전문점이 10년 넘게 이곳을 지키고 있다는 뜻이었다.

"왜 남의 가게를……."

"죄송합니다."

나우는 꾸뻑 고개를 숙인 뒤 황급히 골목을 벗어났다. 시간이 제멋대로 이지러진 세계에서 그 이상한 칵테일 바가 여전히 존재할 리 없겠지. 그럼 앞으로 어떻게 되는 거지? 이내가 살아 있는 열아홉 세계에 갇혔다면 정말 그 사고를 막을 수 있을까.

"젠장. 우리 집은 그대로 있는 거야?"

또 모를 일이었다. 집이며 학교 모두 흔적 없이 사라졌는지도. 불과 며칠 전만 해도 서른두 살의 삶이었는데, 하루아침에 열아홉 살이 되었다. 이제 시간이 어떻게 흘러가는지 예측 불가능했고, 유일하게 나우를 알고 있는 바텐더조차 더는 만날 수 없었다.

나우는 자신이 걷는 이 길 끝에 무엇이 존재하는지 가늠되지 않았다. 내일은 정말 내일인지 아니면 10여 년 전의 과거인지 마구잡이로 뒤엉킨 머릿속이 어지러웠다.

그렇게 넋이 빠진 채로 모퉁이를 돌다가 마주 오는 행인과 부딪쳤다.

"죄송합니다."

나우가 깊게 고개를 숙이며 말했다.

"괜찮습니다. 살다 보면 때론 여기저기 부딪치기도 하죠."

진한 과일 향이 비강을 자극했다. 눈앞으로 검은 코트 자락이 슬로 모션으로 천천히 스쳐 지나갔다. 나우가 고개를 돌린 곳에 키 큰 남자가 등을 보인 채 걷고 있었다. 나우의 시선이 그의 희고

긴 손가락에 닿았다. 귓가에 차랑차랑 셰이커 흔들리는 환청이
들려왔다.

"거기 서!"

나우가 소리쳤다. 남자가 걸음을 멈추고는 천천히 몸을 돌려세
웠다.

"저를 부르셨나요?"

하나둘 불을 밝히는 네온사인 아래서 검은 눈동자가 별처럼
반짝였다. 바텐더가 나우를 향해 싱긋이 미소 지었다.

4

굳게 닫힌 문을 밀자 삐거덕 소리와 함께 문이 열렸다. 희붐한
어둠 속에 잠들어 있던 텅 빈 홀이 모습을 드러냈다.

"칵테일 바가 왜 이곳에 있는 거야?"

바텐더를 따라 모퉁이를 한 번 더 돌아 나오니 그곳에 거짓말
처럼 칵테일 잔의 네온 간판이 반짝였다.

"그분을 마중하고 오는 길이었습니다. 문을 열어 놓고 갈 수는
없죠. 잠시 닫아 놓았는데 그사이 찾아오셨습니까?"

"내 말은, 전에 있던 곳이 아니라……."

나우가 말을 멈추고 이마를 짚었다. 사람을 하루아침에 과거로 떨어뜨린 이런 세계에서 상식이나 논리를 따지는 것만큼 우스운 일도 없을 것이다.

"주류를 판매하진 않지만, 그래도 미성년자가 자유롭게 출입할 수 있는 곳은 아닙니다."

바텐더의 머리 위로 조명이 쏟아져 내렸다. 모노드라마를 펼치는 무대 위 주인공처럼 보였다. 모든 상황이 다분히 연극적이어서 기괴하게까지 느껴졌다.

"대체 누구를 마중했다는 거야? 나를 이곳에 떨어뜨린 그 대단하신 존재인가?"

금방이라도 바 테이블을 넘어갈 듯 나우가 흥분해 소리쳤다.

"아무리 영업 전이라 해도, 칵테일 바에 미성년자가……."

"말 돌릴 생각 마. 지금 당장 빌어먹을 그분을 얘기하란 말이야. 대체 나는 언제쯤 돌아갈 수 있는데?"

나우가 날카롭게 말허리를 베어 내자 바텐더가 어깨를 으쓱해 보였다. 과연 다른 사람에게도 이 칵테일 바가 보일까? 이곳이 어디인지 어떤 시스템으로 돌아가는지 나우는 알 수 없었다. 어쩌면 이 세계에 존재하는 모든 것이 실제가 아닌 허상인지도 몰랐다.

"이렇듯 귀한 걸음을 해 주신 고마운 손님이지만 10대, 그것도 교복을 입은 학생에게 반말을 듣는 건 썩 유쾌한 일은 아닙니다."

바텐더가 마른 천으로 유리잔을 닦았다.

"교복 입은 학생에게 반말 듣기 싫으면 다시 되돌려 놔."

덫에 걸린 짐승처럼 나우가 으르렁거렸다.

"무엇을 말씀입니까?"

바텐더가 조명에 유리잔을 비춰 보며 잘 닦였는지 꼼꼼하게
확인했다.

"내가 있던 세계 그 시간으로 돌려놓으라고."

"손님이 있는 시간은 지금 여기잖습니까?"

"여긴 과거잖아."

나우가 쾅 테이블을 내리쳤다. 무려 13년 전이었다. 인생에서
가장 힘들고 괴로웠던 열아홉 그때로 되돌아왔다.

"당신이 준 그 이상한 것을 마시고 이렇게 됐어."

눈앞의 순간순간을 절대 현실로 받아들일 수 없었다. 세상이
하루아침에 13년 전 과거가 되었는데 과연 어느 누가 멀쩡하게
버텨 낼 수 있을까.

"과거가 아니라고 말씀드리지 않았습니까. 만약 이곳이 진짜
13년 전 과거라면, 손님은 지금 이 시간에 절대 이런 곳에 있진
않겠죠. 건강상의 이유를 들먹이며 학원을 빼먹지도 않을 것이
며, 수업 시간에 이상한 말투로 다른 학생들에게 주목을 받지도

않았을 겁니다."

바텐더가 다시 느긋하게 유리잔을 닦았다. 그는 이 어두운 바에 앉아 투명한 칵테일 잔을 확인하듯 나우의 하루를 샅샅이 들여다보고 있었다. 그것만으로도 이곳이 과거가 아닌 또 다른 세계라는 것을 알 수 있었다. 그래도 학교는 가야 했다. 온종일 좁은 책상에 앉아 귀에 들어오지도 않는 수업을 들어야만 했다. 안 그랬다가는 엄마가 회사에서 뛰쳐나오고 아빠가 경찰서로 차를 몰 테니까. 결국 13년 전 그때처럼 얌전히 생활할 수밖에 없었다.

"혹시 당신 아니야? 나를 이곳에 떨어뜨린 게."

어쩌면 그분이란 존재는 처음부터 없는지도 몰랐다. 혹여 이 모든 혼란의 원흉은 저 기이한 바텐더가 아닐까?

"물론 손님을 이곳으로 초대한 건 제가 맞습니다. 하지만 초대장을 보낸 분은 따로 있죠."

과거로의 회귀든, 또 다른 세계로의 초대든 보통의 인간이 할 수 있는 일은 아니었다. 이렇듯 엄청난 힘을 지닌 존재라면 둘 중 하나였다. 흔히 말하는 신이나 절대자, 아니면 권태에 찌든 악마.

"그분이라는 존재는 지금 어디에 있지? 내가 만날 수 있나?"

바텐더가 크고 검은 눈을 반짝이며 서늘한 미소를 내비쳤다.

"그분은 늘 곁에 존재하십니다. 다만 손님이 눈치채지 못하시는 것뿐이죠."

늘 곁에 있지만, 쉽게 눈치채지 못하는 존재라. 서른둘의 남자를 어느 날 갑자기 열아홉의 소년으로 되돌려 놓을 수 있다면……

"시간의 신인가? 크로노스와 카이로스 같은?"

저절로 헛웃음이 터져 나왔다. 자신의 입에서 판타지영화 속 주인공 같은 말이 튀어나올 줄은, 나우도 상상하지 못했다. 하긴 열아홉의 몸에 서른둘의 영혼으로 존재하는 것 자체가 말이 되지 않는데, 이런 상황에서 제대로 된 사고를 바라는 게 무리겠지.

"뭐 굳이 그렇게 말씀하신다면, 그분은 카이로스와 비슷하지 않을까요?"

크로노스는 '시간의 신'이다. 고대 그리스인들은 세상을 절대적으로 지배하는 존재가 크로노스라 믿었다. 시간이란 오직 스스로 존재하며 불로불사의 영원함이니까.

그에 반해 카이로스는 시간보다는 '기회의 신'으로 더 유명했다. 앞머리가 무성하고 뒷머리는 대머리인 우스꽝스러운 모습인데, 앞에 나타났을 때 쉽게 잡을 수 있는 대신 한번 지나가면 절대 잡을 수 없다. 결국 기회는 눈앞에 왔을 때 낚아채야 하며 한번 지나간 기회는 두 번 다시 오지 않는다. 그런데 카이로스가 나우의 눈앞에 제멋대로 나타났다. 문제는 정작 당사자는 이 말도 안 되는 기적을 전혀 원치 않는다는 것이었다.

"그 자비로운 신께서 내게 기회를 준다는 거야?"

글쎄요? 되묻는 표정으로 바텐더가 어깨를 으쓱했다. 나우가 의자 깊숙이 몸을 묻고 이마를 매만졌다. 어디서부터가 현실인지 알 수 없었다. 이곳이 어떤 법칙으로 흘러가는지, 과연 이 세계에도 물리적인 시간이 존재하는지 가늠조차 되지 않았다.

"나는 똑같은 인생을 한 번 더 살게 되나?"

사람은 죽기 직전에 지나온 삶이 파노라마처럼 펼쳐진다는데, 지금 나우의 상황도 별반 다르지 않았다.

대학만 가면 모든 게 끝이라 생각했다. 지긋지긋한 시험과 성적, 내신과 등급에서 해방될 테니까. 그렇게 꿈꾸던 대학생이 되었지만 정작 삶은 크게 달라지지 않았다. 시험과 성적은 여전히 현재 진행형이었고 내신과 등급은 학점과 자격증으로 이름만 바뀌었을 뿐이었다. 우물을 벗어났다고 생각했는데 정신을 차려 보니 자신이 있는 곳은 바로 옆 우물 안이었다.

"지긋지긋한 고3을 한 번 더 경험하라고?"

군대와 취업 준비생 시절을 떠올리자 저절로 욕설이 튀어나왔다.

"이럴 줄 알았으면 로또 1등 번호나 외워 두는 건데. 주식이나 부동산 공부도 좀 해 놓고."

기회는 준비된 자에게만 온다지만, 설마 같은 삶을 두 번 살 기회를 얻게 될지 누가 알았을까? 평범한 인간에게는 절대 일어날 수도, 아니 결코 일어나서는 안 되는 일이었다.

"아니요, 아닙니다. 제가 누차 말씀드렸잖아요. 이곳은 손님의 과거가 아니라고요. 굳이 자세한 설명을 원하신다면……."

바텐더가 큰 컵을 테이블에 올려놓았다. 검은색 병을 기울이자 쏴! 소리와 함께 거품이 가득한 액체가 차올랐다. 금방 넘칠 듯 부글거리던 탄산수 거품은 금세 가라앉기 시작했다.

"뚜껑을 열기 전까지는 이 안에 뭐가 있는지 알 수 없습니다. 눈으로 볼 수 없다고 존재하지 않는 건 아니죠."

"그럼 뭐야. 이 모든 게 거품이란 뜻이야? 다 허상이란 의미?"

만약 이곳이 실제 존재하지 않는 세계라면, 거울 속 또렷한 열아홉의 얼굴도, 살아서 웃고 떠드는 이내 역시 모두 신기루란 의미일까.

바텐더가 눈앞에 희고 긴 검지를 세워 좌우로 흔들었다.

"어차피 시간이란 다 허상일 뿐이죠. 잡을 수도, 되돌릴 수도, 어디에 보관할 수도 없으니까요. 공기처럼 보이지 않고, 물처럼 끊임없이 흐를 뿐입니다."

"나보고 대체 뭘 어쩌라는 거야?"

나우가 두 주먹으로 테이블을 내리쳤다. 시간의 철학적 사유 따위는 듣고 싶지 않았다. 그럴 마음도, 여유조차 없으니까. 다만

이 빌어먹을 꿈에서 하루빨리 깨고 싶을 뿐이었다.

"이 세계에서 벗어나고 싶으십니까?"

바텐더가 물었다. 나우의 입에서 무거운 한숨이 흘러나왔다.

"다음 주에 꼭 해야 할 일이 있어."

습관처럼 안쪽 주머니에 손을 넣었다. 그러나 나우가 입고 있는 건 정장이 아닌 교복이었다. 안주머니에 더는 보석함이 들어 있지 않았다.

"기억납니다. 손님이 이곳에 처음 오셨을 때, 대단히 기분이 좋아 보이셨거든요."

그의 일거수일투족을 꿰뚫어 보는 자였다. 나우가 무엇을 준비했고 무엇을 계획했는지 이곳의 절대자가 결코 모를 리 없었다. 과연 어떤 존재이고 정체는 무엇일까? 그분이라 칭하는 바텐더의 너스레가 역겨웠다.

'여자친구 볼 때마다 그 자식 생각 안 나겠냐?'

그래, 한민의 말은 사실이었다. 하제를 볼 때마다 죽은 이내가 떠올랐다. 하지만 녀석이 아는 건 거기까지였다. 하제와 마주할 적마다 나우는 두려웠다. 그녀 역시 자신을 보면서 자연스레 죽은 첫사랑을 떠올릴 테니까.

이내가 한순간 거짓말처럼 사라졌듯 하제도 꼭 그럴 것만 같았다. 하제와 함께 있어도 불안했고, 사랑을 말하면서도 두려웠다.

"프러포즈할 계획이었어."

결혼한다면 조금은 안심할 수 있을까? 그 무엇도 자신의 곁에서 하제를 떼어 낼 수 없다는 굳건한 믿음이 생길까?

'야, 걔네 5년 가까이 사귀었다? 중2 때부터 고3 때까지 서로 죽고 못 살았다고.'

이내와 하제 둘 다 서로에겐 첫사랑이었다. 그 둘의 만남을 나우는 가장 가까이에서 지켜보았다. 아니, 사랑이 무언지도 모르는, 덕분에 가장 순수한 마음으로 상대를 바라보던 때였다. 사회적 지위나 조건도 필요 없었다. 오직 두 사람의 세계가 전부였고 더없이 충만했다. 열아홉, 서로에게 가장 완벽한 연인들이었다.

"5년 가까이라고? 나는 무려 17년이야. 그 오랜 시간을 기다려 왔다고. 이제 정말 다 끝났다고 생각했는데 왜 나를 이 빌어먹을 세상에 처넣은 거야?"

"다시 돌아가고 싶으신가요?"

처음으로 돌아가길 간절히 원하고 바랐다. 원래의 시간 속에서 하제에게 프러포즈를 하고 싶었다. 늦어도 내년 가을 즈음에는 식을 올릴 수 있지 않을까. 물론 모르지 않았다. 결혼은 현실이라는 사실을. 준비할 것도 각오해야 할 것도 많겠지. 크고 작은 마찰도 있을 것이다. 하지만 그것이 바로 삶이었다. 결국 모두는 매일 그 거친 현실의 파도를 타 넘으며 살아간다.

"나는 다시……."

나우가 말을 멈추고 입술을 짓씹었다. 그러니 돌아가게 해 달라고, 이 말도 안 되는 세계를 벗어나게 해 달라고 부탁해야 하는데 이상하게 말이 나오지 않았다. 이곳에서는 아직 이내가 살아 있다.

"이 세계를 만든 분은 자비로우십니다. 정말 인자하고 은혜로우시죠."

바텐더가 셰이커에 파란색 음료를 넣었다.

"그건 그쪽에게만 해당하는 것 같은데? 적어도 나에게는 이보다 더 고약하고 심술 맞을 수 없어."

"말이 지나치시군요."

그가 차가운 눈빛을 남긴 채 노란색 라벨이 붙은 병을 기울였다.

"나는 아주 많이 참는 거야. 그쪽이 말한 그분을 내 방식대로 정중히 표현해 볼까?"

"안 듣는 게 낫겠습니다."

바텐더가 느린 동작으로 셰이커를 흔들었다. 귓가에 찰랑찰랑 소리가 들려왔다.

"그쪽이 말한 그분이 원하는 게 뭐지?"

앞으로 5일 후면 이내는 죽는다. 녀석이 죽기 일주일 전으로 시간을 되돌린 이유가 뭘까? 그것도 하필 하제에게 프러포즈하기 직전, 지독한 카오스 속으로 굴러떨어졌다. 만약 이 세계의 주인이 실제로 존재한다면 그가 원하는 건 오직 하나밖에 없었다. 이내를 지키려는 수호자. 아니라면 뒤늦게 하제의 이루지 못한 사랑을 안타까워하는 큐피드.

"그건 제가 알 도리가 없죠."

바텐더가 셰이커를 기울이자, 온더록스에 초록색 음료가 차올랐다.

"지금이라도 원하시는 곳이 있으면 그리 가셔도 됩니다."

그 한마디에 심장이 내려앉았다. 이틀 전 블루 아이즈를 마신 후, 무려 13년 전으로 거슬러 왔다. 만약 저 초록색 음료를 마신다면, 다시 원래 있던 세계로 돌아갈 수 있을까? 초대장 운운했던 것을 보면, 저 칵테일이 시공간을 넘나들 수 있는 문이 분명했다.

"이걸 마시면 나는 다시 내 세계로 돌아가는 건가?"

"만약 그 세계가 손님이 진정 원하시는 곳이라면, 아마 그렇게 되겠죠."

"무슨 뜻이지?"

바텐더가 눈앞에 희고 긴 두 손을 들어 보였다.

"말 그대로입니다. 손님이 원하시는 세계를 얘기하는 겁니다."

이 칵테일을 마시면 원래의 세계로 돌아갈 수 있을까? 만약 그렇게 된다면 나우는 열아홉이 아닌 서른둘이 된다. 교복이 아닌 정장을 입고, 등교가 아닌 출근을 하게 된다. 안주머니에는 여전히 보석함이 있을 것이다. 준비한 대로 하제에게 프러포즈를 할 것이며, 무사히 결혼하게 될지도 모른다. 이미 어른의 세계에 진입했으니까. 하지만⋯⋯.

"내가 돌아가고 싶은 세상에 강이내는 없겠지?"

정확히 누구를 향한 질문인지 알 수 없었다. 지독하고 쾌씸한 이곳의 절대자인지, 테이블 너머 바텐더인지, 아니면 스스로에게 인지⋯⋯.

나우가 흥분을 가라앉히려 천천히 숨을 내뱉었다.

"굳이 제게 묻지 않아도, 손님이 더 잘 아시지 않을까 싶습니다."

다시 돌아간 세상에 강이내는 존재하지 않는다. 절대 불가능한 일이다. 앞으로 5일 뒤면 죽게 될 테니까. 그 사고 이후 영원히 지상에서 사라져 버릴 테니까.

"만약 내가 이 세계에서 이내의 사고를 막으면 어떻게 되는 거지? 내가 돌아갈 그곳에도 여전히 녀석은 존재하나?"

귓가에 나직한 웃음소리가 들려왔다. 바텐더가 손끝으로 관자놀이를 긁적였다.

"이런, 이런. 손님은 저를 너무 과대평가하시네요. 저는 그저 그분의 명령대로 초대장을 만들 뿐입니다. 초대장에 무엇이 적혀 있는지, 그곳에서 어떤 일이 벌어지는지는 제 능력 밖이라서요."

검은 눈동자가 자신이 만든 칵테일을 내려다보았다.

"원하시면 손님이 직접 경험하실 수밖에 없습니다."

나우의 시선이 온더록스에 머물렀다. 그 안에 담긴 초록색 액체가 에메랄드처럼 반짝였다.

"이 초대에 응하면 내가 원하는 곳으로 갈 수 있단 뜻인가?"

아마도. 싶은 표정으로 바텐더가 고개를 끄덕였다. 나우가 탁자에 팔을 올리고 비스듬히 머리를 기댔다. 그렇게 가까이에서 가볍게 출렁이는 초록색 액체를 쳐다보았다. 적어도 지금 이 세계는 아직 이내가 살아 있다. 그러나 나우가 가려는 13년 후의 세계에는 절대 녀석이 존재할 수 없다. 앞으로 5일 뒤 그 장소에 이내를 보내지 않는다면, 어쩌면 13년 후에도 이내는 멀쩡하게 살아갈지 모른다. 분명 그러할 것이다. 카이로스가 나우의 눈앞에서 그 풍성한 앞머리를 흔들고 있었다. 이 기회를 낚아채라 노골적으로 명령하는 것처럼.

'······그런데 풋내기 사랑이라고 우습게 보지 마라······. 초등학교 3학년 때 짝으로 처음 만나서 결혼까지 했어. 야, 걔네 5년 가까이 사귀었다······. 서로 죽고 못 살았다고······. 솔직히 그 자식 그 사고 없었으면 또 모른다. 그 애는 지금쯤······.'

만약 이내가 살아난다면, 그렇게 죽음에서 뚜벅뚜벅 걸어 나온다면, 그때도 하제 곁에 내 자리가 있을까? 제 꼬리를 잡는 고양이처럼 생각은 계속해서 한자리를 맴돌았다. 극심한 피로가 높은 파고가 되어 단숨에 나우를 집어삼켰다.

"이걸 마시면, 내가 원하는 곳으로 간다고 했지?"

나우가 마지막으로 힘주어 물었다.

"제 솜씨는 그리 나쁘지 않습니다. 손님에게 가장 어울리는 맛을 찾아 드렸습니다. 다행히 제 칵테일엔 알코올도 들어가 있지 않으니 10대 학생들도 무난히 마실 수 있지 않을까요?"

"30대에겐 아주 밍밍하단 단점이 있지."

바텐더가 빙긋이 한쪽 입꼬리를 올렸다.

"결정을 하신 모양이군요."

나우가 팔을 뻗어 뻣뻣해진 목덜미를 어루만졌다. 이 피곤하고 어지러운 꿈에서 그만 깨어나고 싶었다. 행운과 기회는 준비된 자에게 온다고 했던가? 그러나 안타깝게도 나우는 전혀 준비되어 있지 않았다. 그저 누군가의 장난으로 이렇듯 엉뚱한 세상에 멋대로 내던져졌다. 혹시 또 모를 일이다. 아침에 눈을 떴을 때 이 모든 혼란이 꿈처럼 머릿속에서 지워질지도……

"정성스레 만들어 줬는데 맛은 봐야지."

"이름은 그린 데이(Green Day)입니다. 초록은 자연의 색이자 생명을 뜻하죠."

나우가 조심스레 잔을 들어 올렸다.

"그리고 여름을 상징하는 색이기도 합니다."

바텐더의 설명을 뒤로한 채 나우가 잔을 기울였다. 텅 빈 바에 꿀꺽꿀꺽 그린 데이를 넘기는 소리가 울려 퍼졌다. 눈앞에 흑진 주처럼 커다란 눈동자가 반원을 그리며 웃고 있었다.

열다섯

✦

너와 그리고 네가 처음 만난 시간

1

    오랜 가뭄의 단비 같고, 사막의 오아시스 같은 여름 방학이 시작됐다. 나우는 느지막하게 일어나 이른 점심으로 컵라면을 먹었다. 다음 주부터는 학원 특강으로 분주해질 것이다. 학교와 학원이 잠시 멈추고 부모님마저 출근한 시간, 이보다 아늑하고 평화로울 수 없었다. 온몸으로 나른한 여유를 만끽할 수 있는 낙원 그 자체였다. 냉동실에는 커다란 아이스크림케이크가 있었다. 엊그제 엄마가 선물 받은 쿠폰으로 바꿔 왔다고 했나? 나우가 꽝꽝 언 아이스크림을 꺼내 국그릇에 퍼 담았다. 아이스크림이 묻은 숟가락을 입에 넣는데 주머니에서 톡 알림음이 울렸다.

    —롸잇 나우, 이따 점심에 짬뽕 시켜 먹자. 네가 올래? 내가 갈까? 아니면 가서 먹을래?

전생에 중국집 앞에서 아사한 거지였는지, 아니면 짬뽕을 못 먹어 한이 맺힌 귀신이 들러붙었는지, 이내는 툭하면 중식 타령을 했다.

— 나 아점으로 라면 먹었다.

— 그러니까 점심으로 짜장면 먹으라고.

아침 겸 점심으로 이미 면을 먹었다고 해도 면 귀신 녀석에게는 통하지 않았다.

— 됐어.

— 야 롸잇 나우, 그러지 말고 형님이랑 같이 먹자.

"내가 널 모르냐?"

나우가 화면을 보며 중얼거렸다. 이내는 짬뽕을 좋아했고 나우는 짜장면을 즐겨 먹었다. 함께 중식을 먹으면 나우는 자연스레 이내에게 짜장면 한 젓가락을 빼앗겼다.

이럴 거면 차라리 처음부터 짬짜면을 먹으라고 말해 봤자 소용없었다. '나는 짜장면 한 젓가락이면 돼. 이게 나름 애피타이저거든. 달달한 짜장면 한 젓가락 먹은 후에 짬뽕을 먹어야 개운하단 말이야. 짬짜면은 딱 반반이잖아. 맛의 균형이 안 맞아.' 이내는 저만의 이기적인 논리를 펼쳤다.

— 됐어. 밖에 더워 죽겠는데 어딜 가. 나 오늘 집에서 게임할 거야.

녀석과 톡을 나눌 시간조차 아까웠다. 엄마의 잔소리와 아빠의 감시 탓에 주말에도 마음껏 게임을 하지 못했다. 다음 주부터는 지겨운 학원 특강이 시작된다. 부모님의 여름휴가도 멀지 않았다. 어른들은 방학이면 마음껏 놀 수 있으리라 생각하지만, 그건 요즘 학생들의 현실을 전혀 모르고 하는 소리다. 과목별 학원 특강에 보충과 선행 학습까지. 가족여행과 각종 캠프까지 더하면, 방학이 더 바쁜 아이들은 차고 넘쳤다.

나우는 국그릇에 가득 담긴 아이스크림을 퍼먹으며 컴퓨터 전원 버튼을 눌렀다. 이 달콤하고 행복한 시간이 영원하기를 바라며 서둘러 게임 세상 속으로 접속해 들어갔다.

빛의 속도로 키보드를 두드리는데 연거푸 톡이 날아왔다. 확인하나 마나 이내가 분명했다. 점심 언제 먹을 거냐며 징징거리는 메시지임이 틀림없었다.

"형님 바쁘다."

말이 끝나기 무섭게 전화가 울렸다. 흘낏 핸드폰을 보니 화면에 '엄마'란 글자가 번쩍였다.

"엄마. 왜?"

여전히 시선을 모니터에 둔 채 나우가 심드렁히 말했다.

"너 뭐 하는데 엄마 톡도 확인 안 해?"

강이내에게 온 줄 알았다. 그런데 엉뚱하게도 엄마의 톡인 모양이었다. 나우가 적잖이 귀찮은 얼굴로 입을 열었다.

"아, 왜?"

"너 뭐 해? 설마 벌써 게임하는 거야?"

물론 정답은 "네"다. 그러나 입을 뻥긋하는 순간 잔소리가 핸드폰을 뚫고 나올 것이다. 까딱했다가는 컴퓨터 이용 시간이 줄어드는 최악의 사태가 일어날 수도 있다.

"아니야. 인강 듣고 있어."

"아이고 그러셔? 방학하자마자 인터넷 강의를 듣는 중2 아들이라니. 팥으로 메주를 쑨다고 해라."

혹시나 했지만 역시나 엄마가 믿어 줄 리 없었다.

"아, 왜?"

"됐고, 너 지금 엄마 심부름 좀 해."

직접 전화까지 한 것을 보면, 분명 간단한 심부름은 아닐 테지. 세상에 나쁜 예감만큼 적중률이 높은 것도 없으니까.

"아 씨! 내가?"

짜증 섞인 목소리에 엄마가 버럭 소리를 내질렀다.

"그럼 일하다 말고 내가 가리? 종이 가방에 다 준비해 놨어. 전해 주기만 하면 돼. 참, 아이스크림케이크 쿠폰 감사했다는 말도 잊지 말고. 무료 나눔이라고 했는데도 굳이 쿠폰까지 보내셨다."

나우의 시선이 반쯤 녹아 흐물거리는 아이스크림에 닿았다. 케이크는 조각마다 다른 맛이었는데 그냥 되는대로 퍼 왔다. 녹으니 딸기, 바닐라, 초콜릿 맛이 한꺼번에 섞여서 당최 무슨 맛인지 알 수 없었다. 갑자기 입안이 썼다.

"그냥 우리 집으로 오라고 하면 안 돼?"

"누군지 알고 함부로 집을 알려 줘? 그리고 그쪽도 뭘 믿고 우리 집으로 선뜻 오겠니?"

"전화번호는 알려 줬잖아."

"이 녀석이! 전화번호랑 집 주소랑 같아?"

"왜 하필 오늘…… 아, 알았어. 알았다고."

나우가 전화를 끊고 컴퓨터 화면으로 눈을 돌렸다. 케이크 쿠폰의 출처가 드디어 밝혀졌다. 엄마가 가입한 지역 카페의 회원이 보낸 것이라나? 엄마는 종종 카페 장터의 무료 나눔 코너를 이용했다. 홈쇼핑에서 사은품으로 받았지만 취향이 아니라서 보관해 둔 그릇이나 몇 번 입지 않았는데 유행이 지나버린 겨울옷, 선물로 받은 화장품이 피부에 맞지 않으면 물품들의 사진을 찍어 무료 나눔 게시판에 올렸다. 그럼 필요한 사람이 쪽지를 보내왔는데, 세상에 공짜가 없듯 받는 사람들도 작은 정성을 전했다. 어느 날 감자볶음과 감자조림, 감잣국과 감자전이 식탁에 올라오거나, 베란다에 못 보던 화분이 놓이거나, 거실 벽에 예쁜 해바라기 액자가 걸렸다면 엄마가 카페 무료 나눔 장터를 이용했다는 증거다.

종이 가방에 준비된 것은 핸드 믹서기와 홈쇼핑에서 사은품으로 받은 밀폐 용기 세트, 포장조차 뜯지 않은 두 개의 텀블러라고 엄마는 말했다. 여전히 게임 세상에 푹 빠져 있는 열다섯 아들은 주방에 덩그러니 놓인 종이 가방 따위는 전혀 관심 밖이었다.

'카페 활동 닉네임이 '사랑하제'야. 하제의 '제'가 아이가 아니라 어이, 딸 이름이 하제래. 그 딸이 텀블러에 새겨진 캐릭터를 좋아한다고 하더라. 엄마는 '나우마미'야. 내가 아들 보낸다고 했어. 사랑하제랑 나우마미, 잘 기억해!'

사랑하제의 '제'가 아이인지 어이인지 그게 사람 이름인지 강아지 이름인지 뭐가 중요할까? 그러고 보면 엄마의 닉네임이 나우마미인 것도 좀 이상했다. 지역 카페 특성상 아무래도 미혼보다는 기혼이, 그중에서도 부모님들이 많이 활동하겠지만 다들 약속이나 한 듯 닉네임에 아들딸 이름을 넣었다. 부모가 되면 모든 기준이 아이가 되는 걸까? 아무래도 그런 모양이었다.

엄마는 출근길에 가끔 들리는 카페가 있다. 그곳에서 쿠폰 열다섯 개를 모은 손님들 대상으로 텀블러 증정 행사를 했다. 그런데 하필 애니메이션 작품과 콜라보를 진행한 탓에 텀블러마다 각각의 캐릭터가, 그것도 대문짝만하게 새겨져 있었다.

'너무 애들 것 같다. 나우 너 이 텀블러 가질래?'

열다섯 남학생에게 텀블러 선물은 새에게 낙하산을 주는 것과 같았다. 한마디로 전혀 필요 없는 물건이란 뜻이었다. 어쨌든 그렇게 사랑하제인지 하자인지와의 약속 시간이 다가오고 있었다. 그럴수록 게임은 점점 재미를 더해 갔다. 그때 책상 위에 놓인 핸드폰이 부르르 몸을 떨었다. 화면에 이내에게서 날아온 메시지가 깜빡였다. 동시에 나우의 머리 위 투명 전구에도 반짝 불이 들어왔다.

"어, 나야. 오늘 우리 집에서 중식 시켜 먹자. 응, 그래. 나 짜장면 먹을게. 대신 5분 안으로 뛰어 와. 안 그러면 안 먹는다. 빨리 와, 빨리."

무슨 짓을 해서라도 이번 판은 마무리를 지어야 했다. 그러기 위해선 중식집 앞에서 아사한 면 귀신 강이내가 필요했다. 아주 절실하게 right now.

"강이내, 너 오늘 하루만 우리 엄마 아들 해라."

전화를 끊은 나우가 혼잣말하며 정신없이 키보드를 두드렸다.

그렇게 나우를 대신해 약속 장소에 나간 사람은 이내였다. 그리고 물건을 받으러 온 사람은 사랑하제라는 닉네임의 주인공 하제였다. 학교마다 여름 방학이 시작되면서 지역 카페에서 활동 중인 회원 대신 그들의 아들딸이 나와 물건을 주고받았다. 바로 그날 그곳에서 이내는 처음 하제를 만났다.

17년 전 중학교 2학년, 방학이 시작되고 이틀째 되던 날이었다.

태양이 무섭게 작렬하는 12시가 조금 지난 시간이었다. 만약 그날 약속 장소에 이내가 아닌 내가 나갔다면, 과연 하제와의 인연은 어떻게 되었을까? 나우는 마치 하나의 습관처럼 지나온 시간을 되짚어 갔다. 그랬다면 처음부터 하제 옆에 설 수 있지 않았을까? 그러나 인생에서 뒤늦은 'if'는 의미 없는 상상에 불과했다. 그 길로 갔더라면, 그 선택을 했더라면, 그 사람을 만나고, 아니 그 사람을 만나지 않았더라면. 이 모든 지나간 if는 삶에 아무 의미가 없었다. 하지만 그렇기에 인간이라 말할 수 있었다. 무의미하게 과거를 생각하고 그때마다 반복되는 후회로 아쉬워하니까. 만약 시간을 되돌려 열다섯 그 여름으로 돌아갈 수 있다면, 그런 기적이 정말로 일어난다면, 그때는 절대 그깟 게임 따위에 정신을 팔지 않을 것이다. 하지만 한번 지나간 시간은 두 번 다시 돌아오지 않았다. 기회의 신 카이로스에게는 안타깝게도 뒷머리가 없다.

그날 이내는 한참이 지나도 돌아오지 않았다. 게임이 끝나 갈 무렵이 되어서야 나우는 그 사실을 눈치챌 수 있었다. 멀어 봤자 아파트 바로 앞 상가였다. 늦어 봤자 5분도 채 안 걸릴 일이었다. 그런데 이내가 돌아온 건 30분이 훌쩍 지난 후였다. 현관문을 열자 배고프다며 징징거렸던 얼굴은 사라지고, 특유의 환한 미소를 꽃피운 열다섯의 이내가 서 있었다.

방문 밖은 분주했다. 잠시 뒤 진한 커피 향과 함께 조곤조곤 말소리가 들려왔다.

"방학이라고 일어날 생각을 안 하네."

언제 들어도 익숙한 엄마의 목소리였다.

"내버려 둬요. 방학한 지 며칠 지났다고. 다음 주부터 학원 특강 시작한다면서요."

아빠가 말했다.

"점심이나 잘 챙겨 먹으려나."

"어린앤가? 열다섯이잖아. 뭘 걱정해요? 라면을 끓여 먹든, 밖에 나가서 친구들이랑 사 먹든 하겠지. 용돈이나 좀 놓고 가요. 아니면 이따 배달이라도 시켜 주든가."

"뭘 걱정하냐면서 배달에 용돈까지 뭘 그리 꼼꼼하게 당부해? 당신이 더 걱정하네."

티격태격 오가는 말소리에 나우가 부스스 눈을 떴다.

열다섯 아들의 점심 걱정을 하던 부모님은 그 아들이 서른이 넘었어도 여전히 밥 걱정을 끝내지 못했다.

'점심은 잘 먹고 다니니? 바쁘다고 대충 때우지 말고 밥 잘 챙겨 먹어.'

세상에는 시간이 지나도 절대 변하지 않는 것이 생각보다 많았다.

철컥, 현관문 닫히는 소리가 들렸다. 뒤이어 도어록이 잠겼다. 침대에 누워 멍하니 천장을 보던 나우가 천천히 몸을 일으켰다. 주방 식탁에는 몇 장의 지폐가 놓여 있었다. 시선이 주방 구석에 있는 커다란 종이 가방에 닿았다. 저 속에 무엇이 들어 있는지는 굳이 보지 않아도 알 수 있었다.

나우가 욕실로 들어가 세면대 앞에 섰다. 거울을 보는 순간 저절로 와! 소리가 튀어나왔다. 이렇게 앳된 얼굴이었다니. 손끝으로 천천히 얼굴을 매만졌다. 이제 겨우 코 밑이 거뭇거뭇해지기 시작했다. 까끌한 수염보다는 검은 솜털이 보송보송하다는 표현이 맞을 것이다. 열아홉도 어려 보였는데 열다섯은 마냥 아기 같았다. 아직 뼈조차 단단하게 아물지 않아서일까? 몸이 깃털만큼 가벼웠다. 지금 당장 운동장을 뛰라 하면 날아갈 수도 있을 것 같았다. 야근과 업무 스트레스, 잦은 회식과 물처럼 마시는 커피까지. 이 가볍고 날렵하며 싱그러웠던 몸을 엉망으로 혹사했구나. 문득 스스로에게 미안한 생각마저 들었다.

"오랜만이다."

나우가 거울 속 자신을 향해 인사를 건넸다. 그곳에는 서른둘도 열아홉도 아닌 열다섯의 앳된 소년이 빙긋이 웃고 있었다.

"제법 맛이 좋았어. 그치?"

그린 데이를 앞에 두고 나우는 17년 전 여름 방학을 떠올렸다.

만약 그때로 다시 돌아갈 수 있다면, 혹여 실타래처럼 엉킨 세 사람의 관계가 자연스레 풀리지 않을까? 처음부터 나우가 하제의 곁에 있을 수 있다면, 이내를 살리느냐 마느냐의 고민도 사라질 것이다. 나우의 선택은 그가 살고 있던 서른둘의 세계로 돌아가는 것이 아니었다. 정말 되돌릴 수 있다면 아예 처음부터 다시 시작하고 싶었다. 시공간의 문을 자유롭게 열 수 있는 칵테일은 나우를 정확히 17년 전으로 데려다 놓았다.

욕실을 나온 그가 주방으로 가 냉동실 문을 열었다.

"우리 엄마 냉동실에 정체 모를 음식들은 여전하네."

각종 냉동식품 속에서 아이스크림케이크가 한자리 차지하고 있었다. 국그릇에 케이크를 가득 퍼 담을 정도로 단것을 좋아했는데 이제는 아메리카노에 샷을 추가해야 했다. 어른이 된다는 건, 부드럽고 달콤한 것에서 쓰고 독한 것으로 서서히 길든다는 의미였다. 아이스크림을 좋아하던 열다섯 소년은 퇴근길에 소주 한잔을 기울일 줄 아는 어른이 되었다. 그런 과정을 통해 삶이 절대 말랑말랑하지 않다는 걸 깨달았다.

몸을 돌려 세우자 거실이 한눈에 들어왔다. 이곳은 나우가 두 돌이 되던 해에 이사 온 집이었다. 중학교 입학 즈음 안방과 욕실 공사를 했고 고등학교 진학을 앞두고 나우의 방을 베란다까지 확장했다. 군대 간 사이에는 주방 리모델링을 했으며 안방 가구를 대대적으로 교체했다. 나우는 이 집에서 30년 넘게 살았고 시간의 흐름에 따라 함께 성장하며 변화했다. 사진 속에 박제된 옛집의 풍경이 눈앞에 펼쳐지니 오히려 현실 감각이 사라진 기분이었다. 분명 과거에 자신이 살았던 집임에도 너무 낯설게 느껴졌다. 삶은 과거에서 현재로 끊임없이 흘러가는 강물이라 생각했다. 그런데 삶이란 어쩌면 그 위에 놓인 징검다리를 건너는 일인지도 몰랐다. 시간은 때때로 훌쩍 건너뛰기도 하고, 한곳에 오롯이 멈춰 있기도 하니까.

나우는 싱크대 선반에서 컵을 꺼내다 허탈한 미소를 지었다. 정수기가 있어야 할 자리에 각종 티백과 커피믹스를 보관하던 삼단 서랍장이 놓여 있었다.

"뭔가 이상하네."

나우는 역으로 흘러가는 자신의 독특한 시간 감각이 우스웠다. 정수기가 사라지고 서랍장이 놓인 게 아니었다. 정확히는 그 반대였다. 그런데도 마치 영화를 되감아 보듯 생각이 역순으로 흘러가고 있었다. 안마의자는 어디 갔지? 내 방의 스피커는? 가스레인지가 아니라 인덕션이었는데……. 아직 오지 않은 미래를, 이미 사라졌거나 변했거나 잃어버렸다고 생각했다. 물리적인 시간의 흐름조차 무참히 깨져 버렸다.

나우가 이런 생각을 하는 사이 방에서 톡 알림음이 울렸다. 벽

시계를 보니 17년 전 지금의 기억이 떠올랐다. 굳이 확인하지 않아도 누구인지 알 것 같았다.

─랴잇 나우, 이따 점심에 짬뽕 시켜 먹자. 네가 올래? 내가 갈까? 아니면 가서 먹을래?

모니터는 꺼져 있었다. 컴퓨터는 부팅조차 하지 않았다. 이곳은 17년 전 세상이지만, 나우에게 더는 과거와 추억이 될 수 없었다. 또렷한 현재이자 순간순간의 연속일 뿐이었다.

─나 해야 할 일이 있어. 내가 나중에 연락할게.

전송을 누르기 무섭게 답이 날아왔다.

─네가 할 게 게임밖에 더 있냐? 게임 처한다는 소리를 길게도 한다.

나우가 핸드폰으로 한 번 더 시간을 확인했다. 하제와의 약속 시간은 12시. 5분 정도 늦은 하제는 종이 가방을 손에 쥔 채 멍하니 서 있던 이내에게 먼저 다가왔다고 했다. 나우마미 대신 그 아들이 나올 거라 전해 들었으니까. 그렇게 두 사람은 초록으로 불타오르던 여름 한 날에 처음 만났다. 하지만 오늘부로 그 순간은 두 사람의 기억 속에서 깨끗이 지워질 것이다. 하제가 처음 만나게 되는 상대는 이내가 아닌 나우 자신이 될 테니까. 벽시계의 초침이 째깍거릴수록 긴장과 설렘이 증폭되었다. 무려 17년 전 과거로 돌아왔는데, 이곳에서의 시간은 더디게 흐르는 것 같았다. 그 사이 이내에게서 몇 번의 톡이 더 왔다.

— 아무튼 내가 연락할 때까지 기다리고 있어.

이것이 나우가 보낸 마지막 톡이었다. 핸드폰을 책상 위에 내려놓고 방을 한 바퀴 둘러보았다. 베란다까지 확장하기 전이라서일까, 마냥 좁게만 느껴졌다.

책장에는 초등학교 때 읽은 전래동화가 꽂혀 있었다. 태권도 도복을 입고 한껏 멋 내며 찍은 사진에는 지금보다 훨씬 어린 나우가 있었다. 벽에 붙여 놓은 시간표를 손끝으로 가만히 쓸어 보다가 책상 한구석에 아무렇게나 쌓아 놓은 문제집과 노트를 열었다. 틀린 수학 문제를 한 번 더 풀어 본 흔적, 깔끔하게 정리한 사회 노트에는 붉은 펜으로 중요 표시까지 꼼꼼하게 해 놓았다. 나우는 문득 그 시절의 꿈을 떠올려 보았다. 꼭 되고 싶거나 이루고 싶은 꿈 따위는 없었다. 좋은 대학 나와서 월급을 많이 주는 회사에 취직하는, 그 당시 친구들에게는 마냥 시시하게 보였을 미래를 꿈꿨었다. 다만 그 시시한 미래를 위해 생각보다 더 치열하게 살아야 한다는 건, 그 시절 어린 나우도 주위 친구들도 절대 몰랐을 것이다.

"국어, 수학, 사회, 영어, 체육……."

나우가 시간표에 적힌 과목들을 하나둘 읊어 나갔다. 온종일 좁은 책상에 앉아 이 많은 수업을 들었구나. 그것도 모자라 끝나면 학원에 갔고, 또 밤에는 인터넷 강의까지 수강했었지. 학교 수행 평가와 숙제, 학원에서 푸는 문제집까지. 치열하게 산 세월은 비단 취업을 위해 고군분투했던 성인의 시간만은 아니었다. 열다섯과 스물 그리고 서른둘의 나우 모두 하루하루를 성실하게 살았다.

과거를 떠올리면 늘 아쉬움이 앞섰다. 조금만 더 열심히 했더라면, 조금 더 시간 관리를 철저하게 했더라면, 미래의 나에게 미안하지 않도록 잘 좀 했더라면……. 뒤늦은 원망과 질책만이 가득했다. 고작 열다섯의 나이에 열심히 노트를 정리하고 문제집을 풀며, 문제가 생겨도 쉽게 그만두거나 도망갈 수 없는, 정글과도 같은 학교를 성실하게 잘 다녔다. 친구들과 별 탈 없이 어울리며 무사히 졸업했다. 나우는 문득 열다섯의 스스로가 대견했다. 그렇게 하루하루 잘 버티고 견뎌 냈기에 스무 살의 그리고 서른두 살의 그가 존재할 수 있었을 테니까.

나우가 핸드폰에 저장된 사진들을 넘겨 보았다. 대부분 친구들을 찍은 것들이었다. 화면에는 열다섯 이내가 짓궂게 웃고 있었다. 대체 이런 건 왜 찍었을까? 싶은 사진도 있었다. 기묘한 모양의 돌멩이, 먼지를 뒤집어쓴 채 방치된 낡은 자동차, 피자 가게에 붙은 매주 '둘째, 넷째 주 수요일은 쉰다'는 안내문, 짜장면과 탕수육, 별것 없는 흐린 하늘과 교문, 운동장까지. 누군가의 낙서를 찍은 것도 있었다.

다른 누구도 아닌 자신이었다. 그런데 서른두 살의 눈으로 열다섯의 나우를 보자니 좀처럼 이해 못 할 구석들이 많았다. 대체 이 녀석은 뭐에 관심이 있던 걸까? 무엇이 이 녀석의 시선을 끌게 한 걸까? 서른둘은 이해 못 할 사진이지만, 열다섯의 나우는 뭔가를 느꼈겠지. 먼지 쌓인 자동차에서, 흐린 하늘과 기묘한 모양의 돌에서 어린 나우는 무엇을 봤을까? 그 엉뚱한 호기심과 색다른 시선을 잃어버린 팍팍한 서른둘에게 어쩐지 서운한 마음이 들었다.

그 순간 상념을 깨는 톡이 울렸다. 나우가 퍼뜩 정신을 차렸다.

─우리 아들이 웬일이야. 엄마 톡에 바로 대답하고?

열다섯이나 서른둘이나 엄마의 연락은 늘 가볍게 넘겼다. 중요한 얘기가 아니라면 한 시간 후 답장은 기본이었다. 친구들의 시시껄렁한 연락에는 곧바로 답하면서, 동료들의 잡담에는 즉각적으로 반응하면서, 부모님의 메시지나 전화는 그냥 넘기는 경우가 다반사였다. 어엿한 성인이 되어 사회생활도 성실히 잘해 나간다고 믿었는데, 철이 없는 건 서른둘이 되어도 여전했다.

엄마의 미션은 17년 전과 같았다. 카페 회원에게 준비한 물품들을 건네주는 것.

─알았어요. 점심 맛있게 드시고요.

─우리 아들이 이리 살갑게 톡을 보내다니 또 필요한 게 있구나? 핸드

폰 바꾸는 건 안 돼.

— 필요한 거 없습니다.

엄마가 보낸 놀란 토끼 이모티콘을 끝으로 대화는 마무리되었다.

드디어 열다섯 하제를 만날 시간이 왔다. 아니 되돌아왔다. 의미 없던 if가 현실이 되는 순간이었다.

'이곳은 손님의 과거가 아니라, 그분이 만든 세계일 뿐입니다.'

바텐더의 나른한 목소리가 귓가에 맴돌았다. 과연 이곳에서의 변화가 미래에 어떤 결과를 가져다줄까. 17년 후 서른둘의 세계로 돌아갈 수 있을지, 아니면 또 다른 삶을 살아가게 될지, 그것 역시 미지수였다. 비록 과거로 거슬러 왔지만, 그렇게 한 번 더 지나온 삶을 살아가지만, 여전히 다가올 미래를 모르는 건 마찬가지였다.

나우가 크게 호흡한 뒤 주방으로 향했다. 커다란 종이 가방에는 핸드 믹서기와 밀폐 용기 그리고 텀블러가 들어 있었다. 이것들을 하제에게 건넬 사람은 더는 이내가 아니었다. 나우가 바닥에 놓인 종이 가방을 조심히 집어 들었다.

한여름 햇살이 뜨거웠다. 아파트 화단 그늘에는 길고양이가 한가롭게 누워 있었다. 나우가 더운 공기를 힘껏 들이마시고 천천히 내뱉었다. 열다섯의 하제를 만난다 생각하니 좀처럼 떨림이 진정되지 않았다. 나우에게는 재회지만 이 세계 속 하제에게는 첫 만남이었다. 솜털이 보송보송한 얼굴에 가느다란 팔다리, 이제 막 변성기가 지난 탁한 목소리, 어떤 표정을 지어도 어리바리해 보이는 얼빠진 모습에 지갑도 없어 주머니에 아무렇게나 구겨 넣은 지폐까지. 열다섯 소년은 머리부터 발끝까지 스스로가 마음에 들지 않았다. 그 불만은 서른둘의 영혼으로 보더라도 크게 다르지 않았다. 오늘 같은 날에는 더더욱 그랬다. 자동차 창문에 비춰 보며 짧은 머리를 쓸어 넘겼다. 어떤 표정이 가장 자연스러울지 슬쩍 웃는 연습도 했다. 그러나 노력하면 할수록 어색하고 마냥 촌스러웠다.

종이 가방을 들고 아파트 상가 쪽으로 걸음을 옮겼다. 서른둘의 영혼으로 열다섯의 하제를 만난다는 건 암담함 그 자체였다. 어떻게 인사하고, 어떤 식으로 말을 걸어야 할지, 어떤 주제로 이야기를 이어 가야 할지 세상이 암전된 듯 눈앞이 캄캄했다. 하지만 어떻게든 첫 단추를 잘 끼워야 했다. 그것만이 이내와 하제 그리고 자신까지, 셋 모두를 위하는 유일한 길일 테니까. 축축해진 손바닥을 바지에 문지르는데 등 뒤에서 "저기요" 하는 소리가 들려왔다. 너무 생각에 빠진 나머지 누군가 다가오는 소리조차 듣지 못했다. 나우는 꿀꺽 마른침을 넘기고 고개를 돌렸다. 익숙하지만 그만큼 낯선 얼굴이 눈앞에 서 있었다.

"혹시 용어동 카페……."

완전히 넋이 빠진 나우를 보며 상대는 고개를 갸웃거렸다. 지금 이 열다섯 소녀는 모를 것이다. 앞으로 자신의 삶이 어떻게 흘러갈지. 17년 후 이 어리바리한 소년에게 어떤 프러포즈를 받게 될지 전혀 상상하지 못할 것이다.

"아, 죄송합니다."

나우의 반응 없는 모습에 하제가 몸을 돌려세웠다. 아마 엉뚱한 사람에게 말을 걸었다고 생각한 모양이다. 한발 늦게 정신을 차린 나우가 다급히 소리쳤다.

"맞아……, 아니 맞아요. 용어동 카페 나우마미입니다. 사랑하제 님?"

자신의 이름이 들어간 닉네임 탓인지 하제는 민망한 얼굴을 감추지 못했다.

"그건 우리 엄마 카페 닉네임이고요."

"네……. 저도 엄마가 사용하시는…… 부모님들은 닉네임을 정하셔도 좀 그렇죠? 아무래도 지역 카페 특성상 용어동에는 기혼자가 많으니까."

나우는 자신이 지금 무슨 소리를 하는지 알 수 없었다. 다만 얘는 또 뭐야? 싶은 하제의 표정을 보니, 썩 좋은 시작은 아닌 듯했다. 열다섯 살 입에서는 절대 나올 수 없는 단어들이 그것도 한꺼번에 마구 쏟아져 나왔다.

"저…… 그거……."

하제의 시선이 나우의 손에 들린 종이 가방에 닿았다. 이런 이상한 애랑은 1초라도 빨리 헤어지고 싶은 모양이었다. 처음부터 일이 제대로 꼬이기 시작했다.

"어? 응? 아…… 네."

서른둘의 영혼과 열다섯의 몸, 그 어떤 것도 지금 상황에는 전혀 도움이 되지 않았다.

"아, 저희 엄마가."

종이 가방을 건네던 나우가 손을 원위치시켰다. 덕분에 가방을 잡으려던 하제의 손이 엉뚱한 허공만 낚아챘다.

"아이스크림케이크 잘 먹었다고요. 꼭 전해 달라고 하셨어요."

"아이스크림이요?"

"저희 엄마한테 쿠폰 보내 주셨다는데."

눈치를 보니 케이크에 대해선 전혀 모르는 모양이었다.

"뭐…… 네…… 어쨌든…… 다행이네요."

하제가 선웃음 지으며 종이 가방을 내려다보았다. 알았으니 제발 그거 넘겨주고 꺼지라는 뜻이었다. 나우가 설핏 웃으며 하제에게 가방을 건네주었다.

"저희 엄마도 잘 쓰겠다고 전해 달래요."

이 말을 끝으로 하제가 도망치듯 몸을 돌려세웠다. 나우도 그 즉시 돌아섰다.

'왜 있잖아, 러브유 편의점 그 앞에서 와르르…….'

편의점까지는 채 10미터도 되지 않았다. 나우가 마음속으로 숫자를 세기 시작했다. 10, 9, 8, 7, 6, 5, 4, 3, 2, 1.

"아 이거 뭐야!"

0을 세기 무섭게 등 뒤에서 하제의 짜증 가득한 목소리가 들려왔다. 햇살이 뜨거운 한여름에는 가만히 있어도 짜증이 솟구쳤다. 불쾌지수가 최고조에 달하는 한낮이었다.

'아니 네가 말한 것만 전해 주고 오려고 했지. 그런데 편의점 앞에서 종이 가방 밑이 완전히 터졌잖아. 안에 든 게 엄청 많았어. 그걸 어떻게 혼자 다 들고 가냐? 뭐 그래서 둘이 같이 나눠서 들고 걔네 집까지 갔지.'

17년 전 오늘, 그렇게 이내와 하제의 인연은 시작되었다. 하필 종이 가방이 터져 버려서, 혼자 다 들고 가지 못할 정도의 짐이라서, 두 중학생은 그것들을 반씩 품에 나눠 안고 여름 햇살 속을 나란히 걸었다. 그렇게 도란도란 열다섯만이 할 수 있는 이야기를 나눴겠지.

'어디 학교야?' '나는 ○○중. 2학년.' '어? 나도. ××중 2학년.' '방학은 언제까지야?' '참! 학원은 다녀?' '아, 거기 우리 학교 애들도 많이 다니더라. 나는 거기 안 다녀.' '너희 학원 영어 선생님 되게 잘 가르친다며? 나는 수학이 문제라서.' '너희 학교는 수행 많아?' '우린 완전 개 많아. 맨날 다 수행으로 내 줘.' '부모님 인터뷰하기 이런 것도 있다? 그런데 솔직히 그런 수행이 더 어렵지 않냐?'

그리고 이런 질문이 뒤따랐을 것이다.

'나우마미가 나우 엄마라는 뜻이야? 이름 되게 독특하다. 하긴 내 이름도 좀 특이한 편이지. 그럼 네 이름이 나우겠네?'

'아니야, 나는 나우 친구. 그 자식 지금 게임 중이거든. 대신 나왔어.'

'어? 그래? 그럼 네 이름은 뭐야?'

'나는 이내. 강이내.'

'와, 네 이름도 만만치 않다.'

나우가 부르르 머리를 흔들었다. 이제 깨끗하게 지워질 과거였다. 지금 하제와 짐을 나눠 들고 가는 소년은 이내가 아닌 나우 자신이니까.

두 명의 열다섯 사이에는, 그러나 나우가 상상했던 이야기들이 순조롭게 오갈 수 없었다. 정확히는 나우가 명확한 대답을 내놓을 수 없기 때문이었다. 17년 전에 다녔던 학원 이름과 수행 평가 따위가 기억날 리 없잖은가. 두 사람의 이야기는 곧잘 어색한 침묵으로 이어졌고, 그럴 때마다 나우는 한여름임에도 등허리에

서늘한 한기가 느껴졌다. 몸만 열다섯으로 돌아왔을 뿐이었다. 불과 며칠 전만 해도 하제와는 주로 서로의 일에 관한 이야기를 주고받았다. 재테크 방법과 연봉 협상, 그리고 정년 후 삶을 의논했다.

지금 열다섯 하제가 말하는 것은, 17년 전 나우에게도 중요한 주제였다. 어디 학원에 어떤 선생님이 잘 가르치고 어느 출판사의 무슨 문제집 시리즈가 좋은지, 수행 평가를 잘 받기 위해서 봉사 점수를 쌓기 위해서 어떤 방법이, 때론 어떤 꼼수가 필요한지 알아 두면 좋은 정보들이었다. 그런데 이 모든 기억이 흔적 없이 사라져 버렸다. 재미있는 농담과 반드시 해야 했던 숙제와 죽을 때까지 잃어버리지 않겠다는 소중한 물건까지. 서른둘의 영혼에 남아 있는 건 없었다. 지금 서른둘의 나우가 가치 있게 생각하는 것들, 더 나은 회사로의 이직과 높은 연봉 협상도 시간의 흐름 속에서 모두 마모되겠지. 평생을 오직 한 사람으로 살아간다고 믿었다. 그런데 아니었다. 수많은 '나'들이 찰나에 존재했다, 덧없이 사라지고 다시 존재함을 반복하는 것뿐이었다. 탈피하고 그 껍질을 버리는 갑각류처럼, 인간도 크게 다르지 않았다.

지금 상황에서는, 그러나 이런 철학적 사유는 전혀 필요치 않았다. 이 지루한 생각의 결론은 하나였다. 과거에는 매우 중요했던 학원과 교재, 수행 평가와 가을 체육 대회, 그리고 나우의 기준에서 17년 전 유행했던 음악을 이야기하는 데는 명백한 한계가 있었다. 그러니 전혀 기억 못 하는 학교 이야기는 그만하고 이쯤에서 분위기를 바꿔야 했다.

"〈위어드 스토리〉 봤어?"

천만다행으로 〈위어드 스토리〉만큼은 정확히 기억하고 있었다. 2학년이 막 시작된 햇살 좋은 주말이었다. 이내랑 〈위어드 스토리〉를 보러 영화관으로 가는 길이었다. 뭐가 그리 재미있었는지 시시덕거리며 서로에게 장난치다 그만 반대편으로 가는 지하철을 타 버렸다. 하필 급행 노선을……. 무려 세 정거장을 더 간 뒤에 다시 돌아와야 했다. 그렇게 간신히 영화관에 도착했을 땐, 광고가 끝나고 막 영화가 시작되려던 찰나였다. 가까스로 시간은 맞췄지만, 영화관까지 전력 질주를 한 탓에 입안이 퍼석하게 말라 있었다. 물 한 모금이 간절했다. 두 시간의 러닝타임 내내 사막을 횡단했던 멍청한 소년들은 영화가 끝나기 무섭게 편의점으로 달려가 콜라를 샀다. 그때 마신 콜라는 평생 잊지 못할 정도로 황홀한 맛이었다. 편의점에서 콜라를 살 때면 종종 그날 보았던 영화가 떠올랐다.

"그럼, 완전 재미있게 봤지."

좀처럼 앞으로 나가지 못했던 대화가 부드럽게 움직였다. 나우가 갑자기 영화 얘기를 꺼낸 이유가 있었다.

'그거 1편은 우리 중학교 때 나오지 않았어? 아, 중2였나? 기억력 좋네. 엄마랑 보러 간 것도 같고 이모랑 보러 간 것도 같고. 아무튼 1편은 완전 흥행했잖아.'

바로 열다섯이 아닌 성인의 하제에게 힌트를 얻었기 때문이다.

"오히려 원작 소설보다 영화가 훨씬 잘 만든 것 같아. 배우 캐스팅이 신의 한 수였지."

열다섯 하제가 두 눈을 초승달 모양으로 접으며 웃었다. 17년 전이나 후나 여전히 변함없는 사랑스러운 미소였다.

"응. 3편에서 배우 바뀌고 흥행 참패했잖아. 4편 나온다는데 이미 끝난 것 같아."

가벼운 한마디에 하제가 주춤 걸음을 멈춰 세웠다. 동시에 나우도 그 자리에 멈춰 섰다.

"〈위어드 스토리〉 얘기하는 거 아니야? 2편도 안 나왔는데 무슨 3편?"

누군가 탁 명치를 때리는 기분이었다. 조금만 정신을 놓으면 몸과 마음의 괴리가 찾아오고, 시공간까지 엉망으로 뒤엉켜 버렸다.

"어? 어……. 내가 다른 영화랑 착각했다. 미안."

아무래도 이상한 녀석이다, 싶은 눈빛으로 하제가 흘끗거렸다. 안 그래도 더운 날씨였다. 속에서 천불이 나는 것 같았다. 무조건 만나기만 하면 되는 줄 알았는데 오히려 하제에게 이상한 첫인상만 남기게 될 판이었다. 이 상태라면…….

'그냥 학원 얘기하다가, 걔네 학원에서 친구 초대 특강 뭐 그런 이벤트 한다고 해서 혹시 괜찮으면 번호 알려 달라고 했지. 걔 이름 말하고 학원 특강 들으면 상품권 준다길래.'

이내가 했듯 자연스럽게 번호를 물어보지는 못할 것이다.

"있잖아. 혹시 너희 학원 방학 특강……."

"롸잇 나우!"

그 순간 익숙한 목소리가 귓가에 날아와 박혔다. 고개를 돌린 곳에 열다섯 이내가 서 있었다. 야구공에 맞은 듯 강한 충격이 뒤통수를 가격했다. 지금쯤 집에 있으리라 믿었다. 적어도 오늘만큼은 이 시간 이 장소에 있어야 할 사람은 이내가 아닌 자신이었기에…….

"뭐야? 전화랑 톡을 몇 번이나 했는데 다 씹고 무슨 일이라도 생긴 줄 알았잖아."

녀석이 두 사람에게 가까이 다가오며 소리쳤다. 혹시나 하제와의 첫 만남에 방해가 될까, 핸드폰을 무음으로 해 놨었다. 그 사이 녀석은 혼자 부지런히 전화와 톡을 한 모양이었다.

누구? 싶은 이내의 표정에 나우가 멍하니 두 눈만 끔뻑였다.

"용어동 지역 카페, 엄마들끼리 무료 나눔 장터 해서……."

대답은 엉뚱하게도 하제 입에서 튀어나왔다. 이내가 반색하며 빠르게 말을 이었다.

"어? 우리 엄마도 거기 카페 회원인데."

너도? 하제가 눈으로 묻자 이내가 고개를 끄덕였다.

"〈스타터〉칸이네? 아 맞다. 커피트리랑 콜라보한다고 했는데."

이내가 손가락으로 텀블러 상자를 가리켰다. 그제야 나우의 시선도 돌아섰다. 하제가 들고 있는 텀블러 상자에는 일본 애니메이션 캐릭터가 그려져 있었다.

"〈스타터〉는 칸보다 마이키가 더 죽이지."

툭 내뱉은 이내의 한마디에 하제가 동그란 눈을 반짝 빛냈다.

"나도 주인공 칸보다 마이키가 훨씬 멋지더라."

"응. 칸은 혼자 너무 심각해."

"맞아. 나는 마이키처럼 좀 사차원이 좋아."

"그래도 진지할 땐 또 엄청 진지하잖아."

"내 말이. 그래서 더 매력적이야."

캐치볼을 하듯 두 사람의 대화가 가볍게 오고 갔다. 나우는 문득 오래전 일이 떠올랐다. 이내는 한동안 일본 애니메이션에 빠져 있다가 고등학교 진학을 앞두고 자연스레 관심을 접었다.

"야, 나한테 먼저 얘기했어야지. 너 알잖아. 내가 〈스타터〉 풀컬러 에디션 사려고……."

"너 풀컬러 에디션 있어? 그거 엄청 비싼데."

하제가 잔뜩 흥분한 목소리로 소리쳤다. 이내가 뿌듯한 얼굴로 고개를 끄덕였다.

"작년 추석부터 모은 돈 다 썼지."

"대박이다. 되게 좋겠다."

그 순간 자전거 한 대가 경적을 울리며 세 사람 사이를 지나갔다. 이내와 하제가 왼쪽으로, 나우가 그 반대쪽으로 길을 비켰다. 나우는 그제야 중요한 법칙 하나를 깨달았다. 이것이야말로 바꿀 수 없는 그들의 첫 만남이라는 사실을…….

"이거 네가 좀 대신……."

나우가 품에 안은 물건들을 이내에게 내던지듯 건네주었다. 그러고는 황급히 오던 길을 되짚어갔다. 강한 현기증이 밀려와 금방이라도 주저앉을 것만 같았다. 등 뒤에서 성마른 목소리가 들렸지만, 머릿속이 멍해 아무것도 생각할 수 없었다. 내리쬐는 한낮의 태양이 송곳처럼 몸 곳곳을 찔러 댔다.

어떻게 집에 왔는지 기억나지 않았다. 나우가 욕실로 들어가 찬물로 세수를 했다. 관자놀이가 지끈거리고 귓속에서 이명이 들렸다. 도무지 정신을 차릴 수가 없었다. 분명 시간을 되짚어 왔고, 약속 장소에 나간 건 이내가 아닌 자신이었다. 그러니 처음부터 다시 시작할 수 있으리라 믿었다. 반드시 그렇게 바꾸리라 다짐했다.

'아니요, 아닙니다. 제가 누차 말씀드렸잖아요. 이곳은 손님의 과거가 아니라, 그분이 만든 세계일 뿐입니다.'

바텐더가 말한 그분은 과연 누구이며 어떤 존재일까. 그가 만든 세계이기에 무슨 짓을 해도 결국 과거는 바뀌지 않는다는 뜻일까?

"대체 지금 뭐 하자는 거야?"

나우가 거울 속 열다섯의 나우를 노려보았다. 저 거울 너머에서 이곳의 절대자가 자신을 한껏 비웃는 것 같았다. 강아지의 목줄을 풀어 준 것이 아니었다. 조금 더 긴 줄로 바꿨을 뿐이었다. 결국 처음 자리로 되돌아올 수밖에 없는 빌어먹을 시스템에 갇혀 버렸다. 출구 없는 미로에서 헤매는 실험실 생쥐와 다를 바 없었다.

"당신이 누구인지 어떤 존재인지는 이제 관심 없어. 왜, 아무리 생각해도 하제 옆에 처음부터 내가 있는 건 마음에 들지 않는 거야?"

문밖에서 벨이 울렸다. 이 시간에 부모님일 리 없었다. 나우가 얼굴에 물기를 털어 내고는 거실을 가로질렀다. 인터폰을 누르자 화면에는 열다섯 이내가 서 있었다.

"나우야. 문 좀 열어. 너무 덥다."

손부채를 부치며 이내가 말했다. 나우가 현관문을 열자, 얼굴이 붉게 상기된 이내가 강아지처럼 빠르게 안으로 들어왔다. 얼굴의 열기가 따가운 햇볕 탓인지 전혀 다른 이유 때문인지는 알 수 없었다.

"야, 그렇게 막 혼자 가 버리면 어쩌냐? 집이 멀지 않아서 다행이었지."

녀석은 곧바로 주방으로 가더니 냉장고에서 물을 따라 마셨다. 누가 보면 이 집 주인이 이내라 해도 전혀 이상하지 않을 것이다. 두 소년은 이렇듯 서로에게 익숙한 시간을 꾸준히 그리고 오랫동안 지속해 왔다.

"하제네 집까지 다녀왔어?"

"너무 자연스럽다. 벌써 서로 이름 부르는 사이야? 너 되게 많이 불러 본 것 같다."

많이 불렀다. 아니 부르려 했다. 하지만 좀처럼 쉽지 않았다. 하제 곁에는 늘 누군가가 있었으니까. 이내와 함께 한 5년여의 시간, 이내가 사라진 후 10여 년. 그 긴 시간 동안 나우는 늘 머뭇거렸다. 성큼 다가갈 수도 멀리 도망칠 수도 없었다. 이제 겨우 자신의 자리가 생겼다고 믿었는데, 빌어먹을 운명은 그를 시간의 카오스 속으로 던져 버렸다.

"혹시 학원 얘기했어?"

나우가 다시 물었다. 이내가 물을 마시고는 손등으로 입술을 훔쳤다.

"갑자기 웬 학원? 그냥 〈스타터〉 얘기하다가, 걔가 풀컬러 보고 싶다고 해서 내가 빌려주기로 했어."

17년 전 오늘, 이내와 하제는 학원 이야기를 하다가 서로의 번호를 교환했다. 그러니 약속 장소에 이내만 보내지 않으면 된다고 생각했다. 대신 나우가 학원 얘기를 꺼내고, 그렇듯 자연스레 전화번호를 묻게 되면, 모든 관계는 새로 시작될 수 있을 테니까.

이내가 처음 하제 얘기를 했을 때 나우는 무심히 흘려들었다. 아직 이성에 눈을 뜨기 전이었다. 머릿속엔 게임과 친구, 학교와 학원, 수행 평가와 숙제만으로 가득했으니까. 그러나 한편으로는 묘한 호기심이 생겼다. 형제처럼 자란 친구에게 여자친구가 생겼다니. 그 사실이 마냥 재밌고 신기했다.

'얘가 진짜 나우마미 님의 아들 나우야.'

처음으로 하제를 소개받던 날, 나우의 가슴에서 화물 기차 소리가 들려왔다. 단순히 쿵쾅거린다는 표현으론 부족했다. 누군가 가슴의 문을 거칠게 여닫아 덜컹거리고, 쾅쾅 때리는 느낌이었다.

'드디어 이름의 진짜 주인공을 만났네?'

햇살이 하얗게 부서져 내렸다. 그 속에서 하제의 미소가 환하게 피어났다. 강에서 꺼낸 조약돌처럼 투명하게 반짝였다. 잠시 후 철썩이는 파도처럼 끊임없는 후회가 가슴 깊숙이 밀려들었다. 그 자리에 내가 나갔어야 했는데, 그깟 게임에 미치지 말았어야 했는데, 그 안타까움이 무려 17년 동안 계속될 줄은 그 시절 어린 나우는 미처 알지 못했다.

'그러고 보니까 우리 셋 모두 이름이 다 특이하다. 이내, 나우, 하제.'

그 이름들이 얼마나 아픈 인연으로 뒤엉킬지 감히 누가 예상할 수 있었을까. 그래서 지금이라도 되돌려 놓으려 했다. 하지만 여전히 나우가 할 수 있는 일은 없었다. 한여름 날씨보다 뜨거운 분노가 온몸을 뒤흔들어 놓았다.

"너 개 어때?"

이것이 얼마나 터무니없는 질문인지 모르지 않았다. 앞으로 17년, 아니 당장 4년 뒤에 무슨 일이 생기는지도 너무 잘 알고 있었다. 그러나 이 엄청난 시간의 혼란을 나우는 도저히 혼자 감당할 자신이 없었다. 결국 생각을 거치지 않은 말들이 제멋대로 튀어나왔다.

"야, 뭔 소리야. 더위 먹었냐? 네가 나한테 짐 던져 놓고 도망쳤잖아."

"그래서 개한테 관심 없냐고!"

"이거 진짜 더위 먹었네. 야! 정신 차려. 너 제대로 미쳤어."

이 상황에서 미치지 않는 게 더 이상하지 않을까. 서른둘의 영혼에 열아홉 육체도 놀랄 일인데, 열다섯 몸으로 돌아왔다. 어떻게든 첫 단추를 제대로 끼우겠다, 분투했지만 아무리 발버둥 쳐도 달라지는 건 없었다. 힘든 혼란을 겪는 이유도 목적도 모두 사라져 버렸다.

"피곤해. 그만 가라."

나우가 무너지듯 소파에 주저앉았다.

"너 진짜 어디 아파? 농담 아니고 너 많이 이상해."

이내가 소파로 다가와 나우의 이마를 짚었다. 그 서늘한 감촉에 나우가 지그시 눈을 감았다. 이 어지러운 시간의 소용돌이에서 그만 벗어나고 싶었다. 모든 게 피로하고 귀찮기만 했다.

"너 정말 열 있나 봐. 머리 뜨거워."

"네 손이 찬 거야. 물 마셨잖아."

"난 원래 차가워."

이내가 나우와 눈을 맞추며 싱긋이 웃었다. 녀석이 열다섯 앳된 모습으로 눈앞에 있었다. 환영이 아니었다. 신기루도 아니었다. 이렇듯 손으로 이마를 짚어 주고 냉장고에서 물을 꺼내 마시며 밝게 웃는, 진짜 살아 있는 강이내였다. 그래서 숨이 막혔다.

이 귀여운 녀석의 삶이 고작해야 4년밖에 남지 않았다니. 그 잔인한 현실을 떠올리자 갑자기 목울대가 아려 왔다.

"너도 찬 거 먹고 열 식혀. 아이스크림케이크. 한꺼번에 이 맛저 맛 다 섞어 먹지 말고. 아픈 애랑 무슨 점심이냐. 나 그냥 집에갈래."

이내가 뒤돌아 현관으로 걸어갔다. 운동화에 발을 구겨 넣으며 녀석이 툭 한마디 내뱉었다.

"걔 나쁘지 않더라. 말이 잘 통해. 성격도 되게 밝은 것 같고."

이 말을 끝으로 현관문이 열렸다. 철컥 소리와 함께 곧바로 도어록이 잠겼다. 나우가 소파 등받이에 깊게 몸을 묻었다.

"그래, 나쁘지 않지. 절대 나쁘지 않아. 그런 애를 네가 혼자 남겨 놓았잖아. 맨날 울게 했잖아. 너무 울어서 탈진하게 했잖아."

이내가 떠난 뒤, 하제는 벼랑 끝에 서 있었다. 조금만 움직여도 추락할 듯 위태로웠다. 그 때문에 나우는 단 한 걸음도 가까이 다가갈 수 없었다. 그저 먼발치에서 바라만 보며 오랫동안 마음을 졸였다. 아픈 기억을 조금씩 날려 버릴 때까지, 슬픈 이별을 모두 다 토해 낼 때까지. 기다리고 또 기다렸다.

"하제는 절대 나쁘지 않아. 나쁜 건 먼저 떠난 강이내 너야. 넌 세상에서 내가 알고 있는 가장 나쁜 새끼니까."

이 세상에 더는 강이내가 없다. 그 사실을 받아들인 하제는 결국 지치고 힘든 몸을 돌려세웠다. 벼랑을 등진 채 제 발로 절망 끝에서 걸어 나왔다. 그녀가 뒤를 돌아본 곳에 나우가 기다리고 있었다. 모든 슬픔과 고통의 시간은 낭떠러지 아래로 모두 던져 버렸다. 아니 그렇게 믿고 싶었다. 하지만 거짓말처럼 이내가 다시 나타났다. 녀석을 죽음에서 끌어 올릴 수 있는 밧줄은 오로지 이 두 손에 들려 있었다.

물끄러미 손을 내려다보던 나우가 창밖으로 고개를 돌렸다. 이내의 손이 닿았던 이마에서 여전히 서늘한 냉기가 느껴졌다. 온 세상이 초록의 불꽃으로 타오르는 여름이었다. 하늘의 해는 게으르게 움직일 것이다. 밤은 더디 찾아올 테지. 푸른 하늘에 묶여 있던 시선이 주방으로 돌아섰다. 그곳에 시끄러운 소리를 내는, 오래된 냉장고가 있었다.

2

그 시절 만남은 지금과 달랐다. 두 사람이 애정을 나누거나 서로의 마음을 확인하는 일은 마냥 쑥스럽고 어색했다. 중요한 것은 그 만남이 얼마나 즐겁고 재미있냐는 것이었다. 두 사람의 비밀스러운 감정 따위는 몸에 맞지 않은 옷처럼 거북했다. 놀이터에서 친구들과 어울려 노는 꼬마들처럼, 열다섯 소녀 소년의 마음도 별반 다르지 않았다.

무엇보다 어른들의 우려 섞인 눈초리도 신경 써야 했다. 시대가 바뀌었다 해도 부모님의 시선은 크게 달라지지 않았다. 오히려 사회가 개방적이기에 더욱 불안한지도 몰랐다. 친구보다 친구'들'이라는 표현이 그 말을 하는 당사자도, 듣는 부모님도 편할 터였다.

"하제랑 나우랑 만나기로 했어."

나우라는 이름에 이내의 부모님은 조금 더 안심했는지도 몰랐다. 하제의 부모님도 마찬가지였다. 그러나 정작 두 사람 입에 오르내리는 나우는 아니었다.

"뭐 해? 시험도 끝났는데. 오늘 도서관에서 북콘서트 한대. 현장 접수 가능하다니까 빨리 가자. 끝나면 기념품이랑 간식도 받을 수 있고 추첨해서 도서상품권도 준대. 빨리 나와. 지금 이내 너희 집으로 가고 있거든? 준비해서 이내랑 같이 와. 나는 도서관에 먼저 가서 기다릴게."

대답할 새도 없이 전화가 끊어졌다. 나우는 이내에게 이끌려 밖으로 나갔고 그렇게 셋은 여느 때처럼 함께 어울렸다. 북콘서트 기념품은 에코백과 컵이었다. 하제는 에코백을 받았고 나우는 자신의 컵을 하제에게 주었다. 집에 널린 게 컵이었으니까. 컵에 시구가 적힌 것 따위는 전혀 중요치 않았으니까. 컵 색깔이 마음에 안 들었으니까. 나우는 거듭거듭 스스로에게 소리 없이 강요했다. 컵을 받고 기뻐하는 하제의 모습이 보고 싶어서가 아니라고, 까르르 하제의 맑은 웃음소리가 듣고 싶어서가 아니라고 몇 번을 되뇌고 또 되뇌었다.

"역시 나우 부르길 잘했어."

중식당에서 음식 세 개를 주문했더니 서비스로 군만두가 나왔다. 이내는 더 이상 나우의 짜장면을 탐내지 않았다. 하제는 늘 짜장면을 시켰고, 둘은 사이좋게 음식을 나눠 먹었다. 식어 버린 군만두는 퍼석하고 딱딱했다. 주메뉴가 아닌 곁들여 나온 음식처럼, 있으면 좋지만 없어도 크게 아쉬울 필요가 없는 존재. 그것이 자신의 자리임을 나우는 잊지 않았다. 셋이 함께 어울려 놀다가도 저녁이 되면 늘 2와 1로 흩어졌다. 늦은 저녁 하제를 집까지 바래다주는 건, 아니 그럴 수 있는 사람은 오직 이내뿐이었다.

하제는 톡을 보낼 때 늘 단체 채팅방을 이용했다. 그러나 이내와 둘만의 비밀 얘기는 그곳에 없었다. 그 당연한 사실을 짐작만 했을 때와 실제로 확인했을 때의 감정은 생각보다 파장이 셌다. 생경한 느낌에 나우는 당황스러웠고, 당황하는 자신에게 자꾸만 화가 났다.

─ 어, 그래. 고마워.

─ 미안 지금 봤어.

─ 응. 나도 그렇게 생각해.

갑자기 채팅방에 이런 톡이 올라오는 건 한 가지 이유 때문이었다. 서로에게 보내려던 메시지를 실수로 단체 채팅방에 올린 것이다. 늘 셋이 어울렸지만, 오직 둘만이 깊은 마음을 나눴다. 그 사실을 나우도 모르지 않았다. 아니 잊지 않으려 노력했다. 그저 당연한 사실에 노력이 필요하다는 것이 괴로울 뿐이었다.

─ 나도 좋아해.

채팅방에 올라온 톡을 보며 나우는 얼음을 통째로 삼킨 기분이었다.

─ 어? 미안, 나우야. 이내가 카레 좋아하냐고 물어봐서.

곧바로 톡과 함께 어색하게 웃는 이모티콘이 올라왔다.

"누굴 바보로 아나?"

생각해 보니 자신은 바보가 맞는 것 같았다. 그렇다고 이제 와 채팅방을 나갈 수는 없었다. 그것이야말로, 나도 좋아해. 고백하는 것과 다를 바 없으니까. 그 정도 바보는 아니라서 다행인지, 아니면 불행인지는 알 수 없었다. 나우는 습관처럼 컴퓨터를 노려보았다. 그날따라 왜 그리 게임은 잘됐고 엄마는 왜 하필 그 시간에 약속을 잡았으며 이내 그 자식은 왜 또 얌전히 심부름을 해 줬는지 모든 상황이 아쉬울 따름이었다. 찰나의 선택으로 인생의 궤도가 살짝 어긋났다는 사실을 너무 늦게 눈치챘다. 하지만 열다섯 나우가 할 수 있는 건 아무것도 없었다. 엇갈린 운명은 궤도가 어긋난 것인지, 어긋나려는 궤도가 간신히 정상으로 진입한 것인지 서른둘이 된 지금도 모르기는 마찬가지였다.

지하철에서 내린 나우는 지상 출구로 올라왔다. 여전히 광장 시계탑은 보이지 않았다. 16차선 도로 양쪽으로 높고 낮은 건물들이 즐비해 있었다. 아직 도시공원이 조성되기 전이었고 랜드마크라 불리는 거대 타워도 들어서지 않았다.

건물 사이사이에 모세혈관처럼 좁은 골목들이 구불거리고 있었다. 늦은 오후에도 파랗게 빛나는 하늘은 여전히 뜨거운 열기를 쏟아 내고 있었다. 주위 모든 건물과 사람들의 모습은 변했지만, 자연만큼은 그대로였다. 거대한 우주의 눈으로 보면 인간의 삶이란 찰나의 순간에 지나지 않았다. 그런 생각을 하자 나우는 어지러운 이 현실조차 덧없게 느껴졌다.

골목을 벗어나자 '황금당' 간판이 보였다. 남자의 말은 사실이었다. 저 귀금속 전문점은 이곳의 터줏대감이 분명했다. 반지를 사던 그때가 습관처럼 떠올랐다. 가슴이 텅 빈 듯 공허한 이유가 사라진 반지 때문인지, 더는 그 반지를 줄 수 없기 때문인지 알 수 없었다. 나우의 입에서 긴 한숨이 흘러나왔다.

혹시나 하는 마음에 발길을 옮겼다. 예상한 대로 칵테일 바는 없었다. 금방이라도 미간에 선명한 주름을 만들며 남자가 나타날 것 같았다. 요즘은 왜 어린 녀석들이 주변을 어슬렁거릴까 괜스레 불안할 것이다.

나우는 기억을 더듬어 다시 걸음을 재촉했다. 깃털 하나만큼의 기대를 품고 모퉁이를 돌았지만, 바를 발견하는 행운도, 우연히 바텐더와 부딪치는 일도 없었다. 한참을 그 자리에 서서 오가는 행인들을 관찰했다. 하지만 검은 코트를 입은, 기묘한 분위기의 바텐더는 끝내 보이지 않았다. 그제야 나우는 알게 되었다. 자신은 칵테일 바를 찾을 수도, 바텐더를 만날 수도 없다는 사실을……. 미래의 시간을 앞당기거나 과거의 순간을 되돌릴 수 없듯 그저 이 세계의 법칙에 얌전히 따를 수밖에 없었다. 언제나처럼 늘 그렇듯이…….

한참을 그렇게 서 있던 나우는 지하철역을 향해 몸을 돌렸다. 아무래도 오늘은 마주치지 않을 모양이었다. 그럼 내일은 볼 수 있으려나? 그런데 과연 이 세계에서 내일은 언제일까?

"이 뒤틀린 세상에서도 나는 여전히 기다리는 쪽이네."

느릿느릿 길을 걷던 나우는 쇼윈도에 비친 열다섯의 소년과 마주했다. 청바지에 회색 라운드 티셔츠를 입고 검은색 운동화를 신고 있었다. 영화 속 엑스트라처럼 절대 튀어서는 안 되는,

조금의 개성도 드러나지 않는 지극히 평범하고 밋밋한 옷차림이었다.

'엄마, 또 검은색이야?'

'이건 디자인이 다르잖아.'

그 시절 엄마는 주로 어두운 무채색 계열의 옷을 사 주었다. 검은색, 갈색, 회색. 이유는 단순하고 명료했다. 그리고 따분했다.

'가장 무난하고 깔끔해 보이잖아. 때도 안 타고.'

'그거야 엄마 생각이지. 맨날 검은색 아니면 회색이야.'

'네가 빨래할래? 아님 원하는 색이랑 디자인을 말하던가.'

막상 이런 질문이 날아들면, 나우는 바보처럼 두 눈만 끔뻑거렸다.

'맨날 교복만 입는데 뭐가 어울리는지 어떻게 알아?'

교복을 벗고 어른이 되면, 자신에게 어울리는 디자인과 색을 찾으리라 믿었다. 지나가는 '행인1'이 아니라 주인공처럼 멋지게 입고 마음껏 개성을 뽐내야지, 다짐했다. 하지만 나우의 옷장에는 여전히 무채색 옷들만 넘쳐 났다. 어떤 색과 디자인을 좋아하는지 알지 못했고 여전히 찾지 못했다. 어쩌면 새로운 색에 도전할 용기가 없는지도 몰랐다.

"변한 게 없네."

열다섯 육체에 서른두 살의 영혼이라 생각했다. 그런데 아니었나 보다. 열다섯에서 더는 자라지 못한 게 아닐까? 나우가 이런 생각을 하며 터벅터벅 여름 거리를 걸었다.

얼마나 걸었을까. 눈앞에 지하철 입구가 보였다. 그 앞에는 커다란 인형 탈을 쓴 아르바이트생이 전단지를 나눠 주고 있었다. 곰 같기도 고양이 같기도 한데 이 더운 날 인형 탈이라니, 보는 것만으로도 턱 하고 숨이 막혔다.

정신없이 지하로 향하는 사람들은 고양이인지 곰인지 모를 인형을 무심히 지나쳤다. 나우가 가까이 다가가자 허공에 반으로 접힌 전단지가 나타났다. 얼떨결에 종이를 받아들고 계단을 내려갔다. 진짜 과거인지, 잘난 그분의 세계인지, 아니면 탄산 거품처럼 스러질 허상인지 모르겠지만 어쨌든 이곳에서도 저렇듯 고된 일을 하는 사람이 있다니 괜스레 씁쓸한 생각이 들었다.

나우는 개찰구 앞에서 주머니를 뒤적였다. 교통카드를 꺼내려는데 대충 접어 넣은 종이가 부스럭거렸다. 버리고 가자는 생각에 전단지를 구기려는 순간, 그곳에 적힌 글귀가 눈에 들어왔다.

알코올은 한 방울도 들어가지 않습니다. 대신 여러분의 이야기를 넣겠습니다. 사랑에 괴로움을 더하고 행복에 불안함을 넣은 알싸하고 매력적인 칵테일 한잔 어떠세요?

"곰이 아니라 고양이였네. 아주 가지가지 한다."

나우가 전단지를 손에 쥔 채 뒤돌아 달리기 시작했다.

약도에 표시된 바의 위치는 병원과 은행 건물 사이 좁은 길 끝이었다. 골목을 벗어나기 무섭게 익숙한 간판이 나타났다. 반짝이는 칵테일 잔을 향해 나우가 빠르게 걸음을 옮겼다. 삐거덕 문을 열자 어둠에 싸인 넓은 홀이 한눈에 들어왔다. 딱 한 곳, 바텐더가 서 있는 자리만 하얗게 빛이 쏟아져 내렸다. 언제 봐도 다분히 기괴하고 연극적인 분위기였다.

"아무리 영업 전이라고 하지만 이리 어린 소년이 들어오기엔 좀 문제가 있는 듯합니다."

"알코올은 한 방울도 들어가지 않는다며?"

나우가 손에 쥔 전단지를 거칠게 흔들었다.

"아르바이트생이 참 열심히 일하네요."

"숨바꼭질을 좋아하는지 몰랐네?"

나우가 바 테이블 쪽으로 성큼성큼 걸어가며 말했다.

"숨바꼭질은 아직 열다섯에게 어울리는 놀이 아니겠습니까?"

바텐더가 말을 멈추고는 난처한 얼굴로 고개를 내저었다.

"열아홉은 그럭저럭 성인 문턱에 올라왔다고 칩시다. 그런데 열다섯은 아주 곤란합니다."

"왜, 누가 신고라도 할까 봐?"

나우가 쳇, 소리와 함께 털썩 자리에 앉았다.

"여기가 과연 다른 사람 눈에 보이기는 할까?"

"마음이 착한 사람 눈에는요."

바텐더가 커다란 두 눈을 초승달 모양으로 접으며 씽긋거렸다.

"그럼 처음부터 나는 볼 수 없었을 텐데."

나우가 테이블에 팔을 올리고는 비스듬히 턱을 괴었다.

"열아홉에게 반말을 듣는 것도 썩 유쾌한 일은 아니죠. 그런데 열다섯은……."

바텐더가 가까이 다가와 물끄러미 나우의 두 눈을 마주했다.

"살짝 화가 나려고 하는군요."

"그럼 존대를 할까? 물론 아저씨라는 호칭도 더해서."

그가 어떤 존재인지, 사람인지 아닌지조차 알 수 없었다. 인간과는 전혀 다른 존재이며 전혀 다른 차원 속에 살고 있을 것이다. 바텐더가 습관처럼 말하는 그분의 세계에서 그 존재의 명령에 따라 충실히 움직이는 조력자겠지. 그러니 인간의 시간, 즉 태어나 자라고 나이를 먹고 병들어 죽는, 이 절대적 생로병사 그 너머에 있는 게 아닐까? 어쩌면 바텐더야말로 크로노스, 시간 그 자체인지도 몰랐다. 하지만 적어도 나우의 눈에 비친 그는 인간, 그것도 아주 매력적인 남자의 모습이었고, 20대의 싱그러운 젊음을 지니고 있었다. 물론 단순히 그런 이유로 반말을 하는 건 아니었다. 돌아가는 상황이 절대 상대에게 예를 갖추고 정중해질 수 없기 때문이었다. 그 사실을 저 기묘한 바텐더 역시 모르지 않을 것이다.

"안 그래도 손님이 없어 아르바이트생까지 고용했습니다. 더는 스트레스 받고 싶지 않네요."

"과연 여기에 나 말고 다른 사람이 올 수……."

문득 처음 이곳의 문을 열었을 때가 떠올랐다. 나우가 고개를 돌려 찬찬히 어두운 홀을 살펴보았다. 분명 홀 어딘가에서 혼자 칵테일을 마시던 남자가 있었는데…….

"누구였지? 그 남자는?"

글쎄요? 되묻는 표정으로 바텐더가 어깨를 으쓱했다.

"나와 같은 시간 여행자인가."

"제 칵테일을 아주 마음에 들어 하시는 분이죠."

"그럼 둘 중 하나겠네. 입맛이 매우 고약하거나, 아주 저렴하거나."

나우가 하나둘 손가락을 꼽으며 말했다. 바텐더의 웃음소리가 텅 빈 홀을 떠다녔다.

"이곳은 누구나 올 수 있는 곳입니다. 제법 귀여운 외모로 전혀 귀엽지 않은 발언을 하시는군요."

"지금 내 외모대로 이야기하면 조사 빼고는 다 욕이 될 거야.

119

그 귀여운 발언을 듣고 싶으면 언제든지 말해. 시원하게 내뱉어 줄 테니까."

"이렇게 불같은 성격으로 참 잘 견디셨습니다."

바텐더의 한마디에 나우 얼굴에 머물던 조소가 사라졌다. 열다섯 처음으로 좋아하는 아이가 생겼다. 그런데 그 아이 곁에는 제 형제보다 가까운 오랜 친구가 있었다. 참으로 혼란스럽고 답답한 시간이었다. 그럼에도 전혀 티를 내지 않았다. 모른 척 웃어 넘기기 바빴다. 조금만 실수해도, 아주 작은 감정만 들켜도, 두 사람 모두에게 큰 상처를 줄 테니까. 세 사람의 관계는 균형을 잃고 힘없이 무너져 내릴 테니까.

"나 의외로 대견했네."

고작 열다섯이었다. 어린 나이에 참 의연하게 행동했다. 나우는 문득 그 시절의 어린 자신이 안쓰럽게 느껴졌다. 가족에게도 가까운 친구에게도 털어놓지 못한 감정으로 힘들고 괴로웠겠지. 그 시절 할 수 있는 일이라고는 가슴을 짓누르는 고민을 안은 채 조용히 내면으로 침잠해 들어가는 것뿐이었다. 아무도 들어올 수 없는 비밀의 방을 만들어 놓고 그 안에 차곡차곡 소리 없는 이야기를 풀어냈다. 그 열쇠는 영원히 가슴속에 봉인하리라 믿었다. 그러나 상상조차 할 수 없는 불행이 일어났고 정신을 차렸을 땐, 그 방문이 서서히 열리기 시작했다.

"그렇게 대견한 시간을 보냈기에 서른둘의 손님이 존재하는 거겠죠."

과거를 떠올리면 자신이 마냥 어리게만 느껴졌다. 철없고 단순해 세상을 모르는 유치한 어린아이에 불과하다고 생각했다. 그런데 그 어린아이가 오랫동안 버텨 냈고 묵묵히 하루하루를 살아낸 덕분에 오늘의 내가 존재한다는 그 자명한 사실을 바보처럼 잊고 말았다.

"그럼 이제 나는 어떻게 해야 하지? 다시 처음으로 돌아와도 달라지는 건 없잖아. 약속 장소에 나갔지만, 결국 하제는 이내를 만났다고."

이 얼마나 대단한 사랑이란 말인가. 아무리 과거로 돌아와도 결국 인연이 될 사람은 만날 수밖에 없단 뜻일까? 그럼 대체 이 무의미한 시간의 반복은 누구를 위함일까.

"달라지는 건 없다고 하셨습니까?"

바텐더가 입가에 쓴웃음을 지우고 고개를 들었다.

"그럼 손님의 과거가 어떻게든 달라져야 한다고 생각하십니까?"

"뭐?"

"아니면 잘못된 것을 지금이라도 올바르게 고쳐 놓아야 한다고 생각하십니까?"

나우가 미간을 일그러뜨리며 한 손으로 이마를 짚었다. 또다시 머릿속이 뜨거워지는 기분이었다. 지금이야말로 이내의 차가운 손이 필요했다.

"그건 좀 이상하네요. 그 소녀가 손님이 아닌, 친구분을 만나는 게 잘못된 인생이다. 그러니 이제라도 다시 맞게 고쳐 놓아야 한다?"

바텐더가 말을 멈추고 살짝 고개를 내저었다.

"그건 좀 오만한 생각이 아닐까요?"

"오만?"

나우가 허탈한 웃음을 터뜨렸다.

"당신의 그 잘난 그분이 그러시던가? 둘의 만남을 어긋나게 하려는 건 오만이라고? 그래서 기껏 그 세계에 나를 집어 던져 놓고 아무것도 바꿀 수 없게 한 건가?"

귓가에 길고 지친 한숨 소리가 들려왔다.

"열다섯의 세계를 원한 분은 바로 손님입니다."

"그래, 내가 선택했어. 그 빌어먹을 칵테일을 마시면서 돌아가고 싶은 그날을 떠올렸다고."

"음…… 그린 데이의 배합은 정확했다는 말로 듣겠습니다."

"내가 왜 그때로 돌아가려 했는지 당신이 더 잘 알고 있잖아."

이내와 하제 둘 다를 위해서였다. 자신을 위해서는 더더욱……. 처음부터 하제 곁에 있을 수만 있다면, 이내를 살리는 데 아무 문제가 없을 것이다. 혹여 먼 훗날 하제를 잃게 될까, 불안해하지 않을 테니까. 첫 단추를 다시 끼우는 것이야말로, 이내를 살리고 하제도 선택할 수 있는 최선이라 생각했다. 그런데 17년 전 첫 만남 때로 돌아가도 셋의 운명은 조금도 달라지지 않았다. 갑자기 나타난 이내를 보며 하제는 반가운 듯 두 눈을 반짝였다. 나우는 그 모습을 가장 가까이에서 지켜볼 수밖에 없었다. 아주 오래전부터 늘 그랬던 것처럼…….

"돌아갈 수 있다고 모든 것을 다 바꿀 수 있을까요? 어제는 오늘의 과거입니다. 내일의 과거는 오늘이지요. 내일은 그다음 날의 과거가 됩니다. 우리는 늘 과거에 살고 있습니다. 오늘은 내일의 과거이니, 오늘 뭔가를 한다면 내일이 바뀌지 않을까요? 과거는 돌아가는 것이 아닙니다. 그저 매일매일 살고 있을 뿐입니다. 하루도 마찬가지입니다. 아침은 오후가 되는 즉시 과거가 되고, 오후는 밤이 되는 순간 과거가 되니까요. 우린 과거에 살지만, 정작 그 과거를 바꿀 생각은 전혀 하지 않습니다."

"나는 했잖아. 아무것도 안 한 게 아니라 뭔가 시도하고 분투했잖아!"

바텐더가 눈앞에 희고 긴 검지를 들어 보였다.

"그렇습니다. 손님은 뭔가 시도를 했습니다. 그렇다고 뭐든 자신이 원하는 결과가 나와야 한다고 생각합니까? 만약 그렇다면 아마 인간에게 어려움이나 좌절, 실패나 패배도 없겠죠. 세상에나, 그건 상상만으로도 지루하군요. 사는 게 너무 재미없지 않겠습니까."

"나는 지금 교장 선생님의 그럴싸한 동기부여 훈화나 듣자는 게 아니야."

나우가 어금니를 사리물며 으르렁거렸다.

"오, 교장 선생님 훈화라. 열다섯의 분노가 고스란히 느껴지는 아주 적절한 표현이었습니다."

"열다섯이 진짜 분노하면 어찌되는지 몸소 보여 줄까?"

잔뜩 흥분한 그를 향해 바텐더가 두 손을 들어 보였다. 제발 진정하라는 뜻이었다.

"어쨌든 손님은 열다섯이 되었고 처음과는 달리 약속 장소에 늦지 않게 나갔습니다. 그리고 약간의 고군분투……."

그가 말을 멈추고 큭큭 소리 내어 웃었다. 모르긴 해도 열다섯의 육체를 가진 서른둘의 남자가 한 소녀 앞에서 얼마나 어리바리하고 바보처럼 굴었는지, 그 모습을 떠올렸을 것이다.

"이봐! 이 바 테이블 정도는 가뿐하게 넘어갈 수 있어. 열다섯은 몸이 아주 가볍거든."

"물론 그러시겠죠. 중2가 무섭다는 건 국가에서도 인정한 사실이니까요."

바텐더가 큼큼 목을 가다듬고는 말을 이었다.

"그래서 뭔가 달라진 건 없습니까? 열다섯 그날로 돌아가기 전과 후가 아주 똑같던가요?"

나우는 어느덧 과거가 되어 버린, 낮의 일을 찬찬히 떠올려 보았다. 하제와 첫 번째 인연이 되려던 계획은 갑작스러운 이내의 등장으로 물거품이 되었다. 오래전 이내가 그랬던 것처럼, 학원 얘기를 막 꺼내려던 참이었다. 텀블러 상자에 그려진 애니메이션 캐릭터에는 전혀 신경 쓰지 않았다. 그런데 그 엉뚱한 것이 또다시 두 사람을 이어 주었다. 결국 그 둘은⋯⋯.

"아무리 시공간을 어그러뜨려도 인연이 될 수밖에 없는 사람들이구나. 그 사실을 일깨워 주었지."

나우가 허망한 웃음을 흘리고는 바텐더의 커다란 두 눈을 응시했다.

"내가 어찌할 수 없는 일."

"때론 아무리 바꾸려 해도 바뀌지 않고⋯⋯."

그가 마른 천으로 천천히 유리잔을 닦기 시작했다. 그러고는 잔을 들어 얼룩을 확인했다. 투명한 유리잔이 새하얀 조명을 튕겨 내고 그것을 바라보는 바텐더의 검은 눈이 반짝였다.

"지우려 해도 지워지지 않는 게 있습니다."

"⋯⋯."

"억지로 지우려 하다가는 더 큰 얼룩만 남게 되는 경우가 있죠. 해변의 자갈이 파도와 바람에 마모되어 사라지는 게 아닙니다. 잘게 부서져 모래가 될 뿐이죠. 인간의 마음도 마찬가지입니다. 좋은 추억이든 아픈 상처든 빛이 바랠 뿐입니다. 완전히 없어지지는 않죠."

바텐더가 테이블에 유리잔을 내려놓고는 손끝으로 표면을 살짝 건드렸다. 방금 닦은 투명한 잔에 또렷한 지문이 묻어 나왔다.

"다 이러는 거 아니겠습니까. 얼룩이 묻고 다시 닦고."

그가 하얀 수건으로 다시 유리잔을 닦았다.

"상처 입고 무뎌지고 다시 그 자리가 아프고. 또 그걸 견뎌 내고. 세상에 늘 깨끗하기만 한 유리잔이 없듯이 영원한 기쁨이나 아픔도 없죠."

"이곳은 내 과거가 아니라고 했지? 당신이 말한 그분이 만든 세계라고 했어."

과거가 아니기에 똑같은 일이 반복되지 않았다. 과거가 아니기에 열다섯의 몸으로 이렇듯 칵테일 바에 출입할 수 있었다. 과거가 아니기에 바텐더는 마치 절대자인 양 이곳에 앉아 그의 모든 상황을 꿰뚫어 보고 있었다.

"분명 그분이라는 존재가 나에게 원하는 게 있을 거야."

아마도, 싶은 표정으로 바텐더가 어깨를 으쓱했다.

"참 보기 좋았어. 정말 예쁘더군."

열다섯의 하제와 이내를 다시 만났다. 그제야 비로소 느낄 수 있었다. 애니메이션 캐릭터 하나에 세상 진지해지던 얼굴과, 비슷한 취향만으로 우연히 마주친 친구처럼 반가워하는 표정까지. 이 모든 귀여운 모습들이 새삼 풋풋하고 싱그럽게 다가왔다. 마냥 예쁘게만 보였다. 생각해 보면 두 사람은 늘 그랬다. 꽃샘추위가 지나간 봄날처럼 너무 춥지도 덥지도 않은 따뜻하고 포근한 관계였다.

"이상하지, 왜 갑자기 옛날 일이 떠오를까."

나우가 빈 유리잔을 바라보며 중얼거렸다.

"옛날 일이라면 언제를 말씀하시는 겁니까?"

"나 고등학교 때."

큰 키의 바텐더가 허리를 숙이고는 나우의 눈앞에서 검지를 흔들었다.

"지금이 열다섯인데 고등학교 때면 옛날이 아니지요."

회전하는 놀이기구를 탄 듯 머릿속이 어지러웠다. 셰이커에 담긴 음료들처럼 과거와 미래가 제멋대로 섞였다. 이제 뭐가 어떻게, 어디로 흘러가는지조차 신경 쓰고 싶지 않았다.

"그래, 나는 지금 열다섯이지. 그럼 다시 정정해야겠네. 지금으로부터 2년 뒤 미래의 어느 날이 갑자기 보이기 시작하네."

나우가 어깨를 들썩이며 피식피식 소리 내어 웃었다.

3

고등학교 1지망은 남고로 정했다. 집 근처기도 했지만, 그보다 몇 배 중요한 이유가 있었다.

"여자애들이 얼마나 야무지니. 똑 부러지게 공부해서 내신 관리도 완벽하게 하고."

"그래, 차라리 남고 가라. 집에서도 멀지 않잖아. 내신 생각해야지."

"그 학교 공부 분위기 하나는 확실하게 잡혔다고 하더라."

어른들의 협박과 회유에 얇은 귀가 팔랑인 건 사실이었다. 하지만 그보다 더 큰 이유는 만에 하나 공학에 진학하면 하제를 만날지도 모른다는 걱정 때문이었다. 하제와 학교에서 마주친다니, 생각만으로도 어색하고 불편했다. 어쩌면 불안한 것인지도 몰랐다. 열다섯 멋모르는 짝사랑의 시작이었다. 친구의 여자친구를 사랑했다는, 오래된 유행가 가사 같은 유치한 감정이었다. 그 비밀스러운 감정은 금방 정리될 줄 알았다. 그런데 생각보다 오래갔다. 시간이 지날수록 깊어졌고, 만남이 반복될수록 힘들고 괴로왔다. 마치 시험 기간 때 게임에 빠지는 것과 비슷했다. 막상 할 때는 재미있지만, 엉망인 성적표를 보면 스스로가 한심해 보이니까. 적어도 시험 기간만큼은 공부에만 집중하겠다 다짐하지만, 또 같은 실수를 반복하는 것. 자책과 후회를 하면서도 매몰차게 끊어내지 못하는 일. 그것이 하제와 이내 그리고 자신의 관계라고 나우는 생각했다.

'내가 또 그 둘 사이에 끼면 사람이 아니다. 길고양이 아들이다.'

굳게 맹세해 보았지만 소용없었다.

'나우야. 우리 이번 주에 영화 보러 갈 건데. 너 저번에 보고 싶다던 영화 같이 보자. 끝나면 지하에 푸드코트 있잖아. 거기 중식당이 엄청 맛있대……'

하제의 한마디에 도저히 싫다는 말이 나오지 않았다. 그렇게 집을 나서다 길고양이라도 마주치면, 나우는 녀석들을 향해 야옹거렸다. '그래, 내가 네 아들이다.' 소리 없이 자책했다. 이런 상황에서 하제와 학교마저 같다면, 생각만으로 두통이 밀려왔다.

하제는 차치하더라도 이내와도 떨어져 지내고 싶었다. 'Out of sight, out of mind'라고 했다. 대입을 몇 년 남기지 않은 고등학생에게 애증 섞인 관계들과 이쯤에서 거리를 두는 것이 최선이라 생각했다. 이것이 바로 나우가 남고로 진학하려는 가장 큰 이유였다.

"미쳤어? 네 1지망이 왜 거기야? 너 하제랑 같은 학교 안 가?"

"이 자식 완전 재수 없네. 너만 대학 가냐? 나도 대학 갈 거야. 안 그래도 요즘 엄마 눈치가 장난 아닌데. 하제랑 학교까지 같으면……."

알지? 싶은 눈빛으로 이내가 휘휘 허공에 손을 내저었다.

"우리 학원도 각자 다른 곳에 다닐 거야. 대한민국 고등학생은 다 인간 타임캡슐 아니냐? 3년 동안 꼭꼭 봉인해 놨다가 대학에 들어가야지만 비로소 열리는."

이내가 길게 한숨을 내쉬고는 힘없이 말을 이었다.

"여행도 연애도 아르바이트도 다 대학 가서 하라잖아. 그 전에는 얌전히 타임캡슐에 들어가서 잔말 말고 공부나 하라는 거지."

"대학 안 가면 뭐? 인생 망하냐?"

나우가 괜스레 불퉁거렸다. 이내가 웃으며 말을 이었다.

"어쨌든 대학 가겠다고 선언한 이상은 그렇다는 얘기지. 그러니까 우리 롸잇 나우, 앞으로 이 형님이랑 사파리 같은 남고에서 끝까지 잘 살아남아 보자. 응?"

첫 단추는 스스로 잘못 끼웠다지만, 나머지 단추라도 구멍에 맞게 넣으려 했다. 그런데 노력하면 할수록 뭔가 계속해서 엇박자로 꼬여 갔다.

결국 나우와 이내는 나란히 같은 고등학교에 입학했고 자연스레 셋의 만남은 이어졌다. 하지만 더는 기념품을 받기 위해 도서관에 몰려다니는 어린 중학생들이 아니었다. 이내의 말처럼 대학에 들어가야 비로소 열리는, 타임캡슐에 갇힌 고등학생들이었다. 전과 비교해 만나는 기회와 횟수가 자연스레 줄어들었다. 그 이유가 오직 공부 때문만이 아님을 나우는 충분히 눈치챌 수 있었다. 단지 셋의 만남이 뜸해졌을 뿐, 둘의 관계는 점점 더 깊어졌으니까. 다만 서로의 생일에는 규칙이라도 되는 듯 셋이 함께했다. 그 규칙은 언제나처럼 하제에게서 비롯된 것이었다.

"뭐야, 네 생일은 축하받고, 내 생일은 축하해 주기 싫다고?"

이 기적의 논리 앞에 나우는 어떤 반박도 할 수 없었다. 오랜만에 만남이 이뤄지면 세 사람은 열다섯으로 돌아간 듯 스스럼없이 어울려 놀았다. 별것 아닌 일에 시시덕거리고, 서로의 고민을 진지하게 들어 주었으며 아직 오지 않은 미래를 푸른빛으로 물들였다.

문제는 그 후에 벌어졌다. 패스트푸드점에서 셋을 본 학교 아이들이 수군거리기 시작했다. 두 남자 사이의 한 여자. 그 자체만으로도 백 가지, 어쩌면 천 가지 상상과 추측이 오갔을 테니까.

주말이 지나고 일주일이 시작되었다. 가을이라 해거름이 조금씩 짧아지고 있었다. 먼 하늘부터 서서히 다홍빛 노을이 흩뿌려지고 있었다. 빌딩 너머로 사라지는 태양마저 지쳐 보이는 월요일이었다. 박스가 기울어 쏟아진 시리얼처럼 교복의 덩치들이 우르르 학교 건물에서 쏟아져 나왔다.

운동장을 가로지르던 이내가 가볍게 입을 열었다.

"박한민 말이야."

한민이라면 나우도 당연히 알고 있다. 성진과 더불어 넷이 종종 밥을 먹곤 했다. 방과 후나 점심시간에 가끔 음료수 내기 농구를 하거나, 이내가 자리에 없을 때면 대신 교과서를 빌려준 적도 있다.

"가을의 시작은 박한민의 비염과 함께. 그 자식 재채기 소리가 우리 반까지 들린다."

"요즘 책상에 두루마리 휴지 또 올라왔다."

"그런데 걔가 왜?"

나우가 바지 주머니에 손을 찔러 넣었다. 아침저녁이면 제법 바람 끝이 시렸다. 학원 가기 전에 편의점에 들러 컵라면이나 먹을까? 고민하는데 이내가 키득키득 소리 내어 웃었다.

"야, 나보고 조심하래."

"뭐를?"

"토요일에 우리 영화 보고 버거퀸에서 저녁 먹었잖아. 사람 많아서 몰랐는데, 그때 한민이도 애들이랑 햄버거 먹고 있었대. 우리 들어오고 바로 나갔나 봐."

이내가 말한 우리 속에는 하제가 포함되어 있었다.

"왜 알은체 안 했대?"

나우가 심드렁히 물었다. 이내가 또다시 웃음을 터뜨렸다.

"분위기가 묘해서 차마 알은체할 수 없었단다."

"묘하다니. 아, 하제 있어서? 걔 너랑 친하잖아. 설마 여친 있는 거 몰라?"

천하의 강이내였다. 입학과 동시에 어느 학교 몇 학년 몇 반에 자신의 여친이 있다며 제 입으로 떠들고 다녔다. 수컷들만 우글거리는 남고에서 여자친구가 있다는 건, 각종 데이와 생일을 챙기고 크리스마스를 함께 보낼 상대가 있다는 건, 대단한 능력이자 자랑이었다. 사실 이내가 여자친구를 공개적으로 언급한 이유는 따로 있었다. 오히려 공부에 집중할 수 있으니까. 자신의 능력을 좋아하는 상대에게 뽐내고 싶은 건 모든 종의 본능이었다. 학생에게 '능력'은 어쩔 수 없이 성적으로 평가되는 경우가 많았다. 그렇기에 이내의 부모님도 녀석의 이성 교제에 크게 반대하지 않았다. 그건 하제의 부모님도 마찬가지였다. 어쩌면 같은 목적이라는 말이 더 맞을 터였다. 이런 몇 가지 이유로 학교에서 이내의 여자친구를 모르는 아이는 드물었다.

"물론 알지. 그 자식이 묘하다는 건, 내가 아니라 너야."

"나?"

나우가 두 눈에 선명한 물음표를 그려 넣었다.

"그래, 너 조심하란다."

툭 내던진 한마디에 등허리가 저릿했다. 나우가 주머니에 찔러 넣은 손을 꽉 움켜쥐었다.

"우리 한민이가 의외로 로맨스를 좋아해. 드라마를 너무 봤다니까? 그 자식 남녀 관계에 그 정도로 고루한지 몰랐어. 되게 보수적이야. 안 그래?"

이내가 팔꿈치를 세워 가볍게 옆구리를 찔렀다. 나우가 흠칫 놀라 몸을 떨었다.

"그 자식 나중에 연애하면 여자는 짧은 치마 입으면 안 된다, 화장이 너무 진하다, 뭐 이런 개소리하는 거 아니냐? 그 순간 완전히 아웃이지. 그건 보수적인 게 아니라……."

"걔가 뭐라는데?"

이 질문을 할 타이밍이 아니었다. 그런데 생각이 제멋대로 튀어나와 버렸다. 하지만 이미 내뱉은 말이었다. 절대 주워 담을 수 없었다.

"아니 우…… 웃기잖아. 그 자식이 뭐라고 개소리했는지…… 들…… 들어나 보자고."

애써 진정하려 했지만, 눈치 없이 목소리가 자꾸만 떨렸다. 말이 토막토막 멋대로 끊어지다 이어지기를 반복했다. 서늘한 바람이 운동장을 휘돌았지만 화끈거리는 열감은 식혀 주지 못했다. 얼굴이 홧홧하게 달아오르고 손바닥이 축축하게 젖어 갔다.

"뭘 들어 봐? 빤한 것 아니냐. 남자 둘에 여자 한 명, 이상한 삼각관계로 묶는 거지. 삼류 로맨스소설을 제대로 쓰더라. 하제를 보는 네 눈빛이 뭔가 심상치 않다나 뭐라나."

목 안에 뾰족한 가시가 박힌 기분이었다. 푸른 하늘에 붉고 노란 빛이 번지며 어지럽게 일렁였다. 나우는 지금 자신이 어떤 표정을 짓는지 알 수 없었다. 그래서 긴장되고 두려웠다. 노을이 어서 빨리 사라지기를, 세상에 검은 밤이 찾아오기를, 코앞의 사물도 구분할 수 없을 정도의 짙은 어둠이 내리기를, 그렇게 이내가 자신의 얼굴을 볼 수 없기를 간절히 바라고 또 바랐다. 나우의 흔들리는 시선이 발끝으로 떨어졌다. 아니 맥없이 추락했다.

"롸잇 나우, 너 왜 안 웃냐?"

나우가 퍼뜩 정신을 차리고는 한 박자 늦게 소리쳤다.

"아 씨! 그러니까 너희들끼리 만나라고 했잖아. 왜 자꾸 괜한 사람 불러내서 엮이게 해?"

"안 그래도 잘 설명했다. 그날도 귀찮다는 새끼 생일 핑계로 억지로 끌고 나온 거라고. 너랑 하제 중학교 때부터 친구였다고 했어."

이내가 주먹으로 가볍게 나우의 어깨를 쳤다.

"하긴 그 새끼가 너를 어찌 알겠냐? 괜한 소리 하는 거지."

강하게 밀려들던 허기가 일시에 사라져 버렸다. 머릿속이 백지가 된 것 같았다. 오늘이 며칠인지조차 생각나지 않았다. 앞으로 학교에서 박한민을 어떻게 봐야 할까. 혹여 이상한 질문이라도 날아들면 뭐라고 대답하지?

'너 솔직히 말해. 강이내 여친 좋아하지?'

그런데 이 말이 정말 이상한 질문일까.

'미쳤냐?'

강한 부정은 긍정이라고 했다. 무턱대고 화를 낼 수는 없었다.

'지랄한다. 소설을 써라.'

만약 태연하게 말하지 못한다면, 지금처럼 목소리가 떨리고 말이 어색하게 뚝뚝 끊긴다면, 괜스레 상대의 시선이라도 피한다면 정말 끝장이다. 박한민 앞에서 정작 아무 말도 못 할 것이다. 그 어떤 연극과 짜증 섞인 반응도 다 과장되게 보일 테니까. 차라리 그럴 바에는 솔직히 털어놓는 쪽이 낫지 않을까.

'어떻게 알았어? 사실 나 오래전부터……'

상상만으로도 눈앞이 하얗게 부서져 내렸다.

"야, 나 학원 늦었어. 먼저 간다."

"미친놈아, 너 나랑 같은 학원이잖아."

그래, 이내의 말은 사실이었다. 미친 게 분명했다. 상상으로도 절대 해서는 안 되는 말을 했으니까. 나우가 재바른 걸음으로 운동장을 빠져나갔다. 이내에게서 최대한 빨리 그리고 멀리 도망치고 싶었다.

4

"너무 가까이에 있으면 보이지 않는 경우가 있죠. 한발 떨어져야 비로소 보이고, 당사자가 아닌 제삼자의 눈으로 보아야 또렷이 들어오는 게 있습니다."

바텐더가 그 까만 눈을 반짝이며 말끄러미 시선을 주었다. 나우의 입가에 힘없는 미소가 번졌다. 박한민의 눈썰미는 예리했고, 놀랍도록 섬세했다. 그랬으니 이내에게 조심하라는 경고를 보냈겠지. 하지만 아무리 촉이 좋은 녀석도 절대 모르는 게 있었다. 만약 이내가 지금까지 살아 있었다면, 그 마음은 영원히 혼자만의 비밀로 남겨 두려 했다. 무덤에서조차 침묵하려 했다. 그러니 한민의 예언은 반은 맞고 반은 틀린 셈이었다.

"참 웃긴 일이야. 이렇듯 과거로 돌아왔는데 나는 왜 앞으로의 일이 전혀 눈에 보이지 않을까? 그때나 지금이나 내가 뭘 어떻게 해야 할지 전혀 모르겠어."

바텐더가 손가락으로 관자놀이를 긁적이며 난처한 표정을 지었다.

"지금까지 꽤 여러 번 말씀드렸습니다. 손님도 어느 정도 숙지하셨다고 생각하는데요."

"알아, 안다고. 여기는 내 과거가 아니라 그 빌어먹을 그분이란 새끼가 만든 세상이라는 거."

"그분 앞뒤로 '빌어먹을'과 '새끼'라는 표현은 좀 자제해 주셨으면 좋겠습니다."

나우가 대답 대신 가운뎃손가락을 들어 보였다.

"그래. '빌어먹을'과 '새끼'라는 말은 빼지."

"감사합니다."

바텐더가 가볍게 목례했다.

"변태 같은 그분이란 자식이 만든 이 미친 세상에서 나는 언제쯤 벗어날 수 있는 거지?"

"전혀 다른 의미로 언어 구사력이 뛰어나시군요."

"언어 영역에서 제법 높은 점수를 받았지."

"글쎄요? 지금 모습만 봐서는 언어 영역에서 높은 점수를 받기 위해 한 번 더 노력하셔야 할 것 같습니다. 아니시라면……."

바텐더의 시선이 전등 빛을 튕겨 내는 은빛 셰이커에 닿았다.

"굳이 이 세계에 계속 남아 계실 이유가 있으실까요?"

"내가 원한다면 남아 있을 수 있나?"

바텐더가 두 손바닥을 하늘로 들어 보였다. 몸짓만으로도 대답은 충분했다. 그 썩어 빠진 그분이란 멍청이를 생각하는 중이었다.

"그분이 이 시간을 언제 멈출지 알 수 없습니다."

비록 과거 세계에 왔지만 당장 내일 어찌될지 전혀 예측할 수 없었다.

"주식이나 부동산 코인 정보도 전혀 소용없단 의미군. 언제 또 '그 고귀한 분'이 변덕을 부릴지 알 수 없으니까."

"돌아가고 싶으시면 말씀하세요."

희고 긴 손가락이 톡톡 칵테일 셰이커를 두드렸다. 17년 전 세계로 돌아왔지만, 바뀐 건 아무것도 없었다. 하제는 이내를 만났고 결국 두 사람의 첫 인연은 다시 시작되었다. 만약 그렇다면 고3으로 돌아간다 해도 이내의 죽음을 막을 수 없단 뜻일까.

"내가 돌아가면 이내를 살릴 수 있어? 아니면 이번에도 헛고생인가?"

바텐더가 왼쪽으로 고개를 기울이고는 허공을 바라보았다.

"그건 저도 모르죠. 손님이 친구분을 그 사고에서 구해 낼 수 있을지 없을지. 뭐든 시도해 보기 전까지는 아무도 그 결과를 예측할 수 없습니다."

"시간이 엉망으로 뒤섞인 세계에서 할 말은 아닌 것 같은데."

"손님이 처음 계셨던 그 세상은 아니었나요?"

"이봐, 내가 있었던 평범한 세상은 서른둘의 남자가, 갑자기 고3이 되거나 하루아침에 이런 모습이 되지 않아."

나우가 가슴을 펴고는 크게 두 팔을 벌렸다. 열다섯이 된 자신을 보라는 뜻이었다.

"뭐 그렇긴 하겠네요. 그럼 손님이 계셨던 세상의 시간은 어떤 식으로 흘러갔나요?"

바텐더가 선반에 진열된 병들을 꺼내 테이블 위에 올려놓았다. 그러고는 스테인리스 틴에 얼음을 넣고 지거를 이용해 음료를 계량하기 시작했다. 금을 만드는 연금술사, 혹은 주술을 준비하는 마녀처럼 그 모습이 신성한 의식으로 보였다.

"어떤 식으로 흘러가냐고?"

정말 몰라서 한 질문은 아닐 것이다.

"과거에서 현재 그리고 미래로 흘러간다고 생각하시나요?"

그가 신중한 손길로 셰이커에 차례차례 계량한 음료를 넣었다.

"아니요. 그 세상이야말로 과거와 미래가 아무렇게나 뒤섞여 있을 뿐입니다. 마치 지금의 손님처럼 말이죠."

"지금의 나처럼?"

나우가 한쪽 눈썹을 움찔거렸다. 바텐더가 가볍게 고개를 끄덕였다.

"열다섯의 몸으로 서른둘의 생각을 하고 있지 않습니까."

"그거야 지금 내 상황이……."

"전에는 정반대였죠. 서른둘의 육체로 열다섯의 그날을 늘 아쉬워했으니까요."

둔탁한 것에 뒤통수를 맞은 기분이었다. 바텐더의 말은 틀리지 않았다. 조금 전 나우가 경험한 여름 하루는 마음속에 깊은 아쉬움으로 남아 있었다. 그날로부터 지금까지 줄곧.

"이미 지나간 날들을 아쉬워하며 묶여 있거나, 아직 오지 않은 미래를 두려워하며 걱정하거나, 둘 중 하나가 아닐까요?"

바텐더가 셰이커 틴에 필터를 끼운 후 조심스레 뚜껑을 덮었다.

"아니면 양쪽 모두지요. 늘 과거를 후회하고 미래를 두려워하며 살지 않습니까. 결국 손님의 시간도 언제나 과거와 미래가 뒤섞여 있을 뿐입니다."

희고 긴 손이 천천히 셰이커를 흔들기 시작했다.

"현재는 없죠."

귓가에 차랑차랑 소리가 들려왔다. 셰이커에서 정체 모를 음료가 섞이고 있었다. 마지막 한마디가 송곳처럼 관자놀이를 찔렀다. 뱃멀미하듯 속이 울렁거렸다. 셰이킹이 끝나면 새로운 칵테일이 완성될 것이다. 그렇게 또 다른 시공간을 열 수 있는 문이 나타나겠지. 둔탁한 소리가 멍한 정신을 깨웠다. 셰이커가 테이블 위에 놓이고 나란히 잔 하나가 올려졌다.

"열다섯의 육체에 갇힌 서른둘의 영혼이 가야 할 곳은 어디입니까?"

바텐더가 완성된 칵테일을 잔에 따랐다. 봄 햇살을 닮은 진한 노란색이었다. 문득 낮에 만났던 열다섯 하제가 떠올랐다. 개나리처럼 싱그럽고 건강한 웃음을 간직하고 있었다. 하지만 그 미소는 결코 나우를 향하지 않았다. 그 사실이 가슴을 깊게 찔렀다.

"조금만 생각할 시간을 줄 수 있을까?"

나우가 지친 목소리로 읊조렸다.

"얼마든지요. 이곳에는 다양한 칵테일 종류만큼이나 넘쳐 나는 것이 바로……."

바텐더가 양쪽 두 손가락을 구부려 허공에 따옴표를 만들었다.

"지금, 이 순간을 생각할 시간이니까요."

앞에 놓인 칵테일에서 봄 햇살 냄새가 났다. 따뜻하며 싱그러운 향기. 온몸이 나른해져 당장에라도 잠이 쏟아질 향기. 햇볕에 바싹 말린 이불에서 나는 향기. 잘 익은 홍시를 반으로 쪼갰을 때 솟아오르는 향기. 아무도 없는 텅 빈 운동장에서 풍기는 새벽 향기까지. 이 모든 향기들은 잠들어 있던 기억을 깨워 나우를 오래전 삶의 한 날로 되돌려 놓았다.

5

두 사람 주위로 어스름한 저녁 빛이 떠다녔다. 진한 낙엽 냄새
가 고여 있는 가을, 파란 하늘을 물들이던 노을이 산과 들로 서
서히 번져 나갔다. 세상은 시간이 지날수록 아이들이 사라진 놀
이터와 비슷하게 변해 갔다. 빨간색 미끄럼틀과 노란색 시소, 분
홍색 벤치처럼 제 안에 숨어 있던 알록달록한 색을 과감하게 드
러냈다. 자연의 시간은 조금씩 제 몸을 움직여 둥근 길을 천천히
걸어가고 있었다.

하제가 머리를 쓸어 넘길 때마다 진한 샴푸 향이 느껴졌다. 텅
빈 놀이터에는 그네에 올라탄 바람만이 삐거덕 소리를 내며 혼
자 놀고 있었다.

"네가 생각해도 내가 잘못했어?"

하제가 다그치듯 물었다. 나우가 말없이 손에 쥔 캔 커피만 만
지작거렸다. 밤공기가 서늘한 이런 날씨에는 따뜻한 커피가 어울
릴 것이다. 하지만 지금 상황에서는 얼음을 와드득 씹어 삼킬 수
있는 아이스커피가 필요했다. 문제는 아이스커피의 주인이 누구
냐는 것이었다. 화가 잔뜩 난 하제인지, 괜스레 속이 타는 나우
자신인지 알 수 없었다.

"아니 나는……"

나우가 숨을 들이마시고는 입술을 깨물었다. 미친놈아, 여기서 네 얘기가 왜 나와? 마음속 아우성들을 긴 한숨으로 내리눌렀다.

"그러니까 이내는 아무래도……."

"이내가 아무래도 뭐?"

"다른 새……, 아니 다른 남자랑 있는 걸 봤으니까. 솔직히 좀 그렇긴 했겠지."

"남자가 아니라 영동대교 선배라고 했잖아."

영동대교 선배라, 하! 몇 번을 들어도 유치하기 짝이 없었다. 하제가 말한 '영동대교'는 한강을 가로지르는 다리가 아니었다. 하제가 고등학교에서 가입한 영어 동아리 이름이었다. '영어 동화를 함께 읽고 대화하며 교류하자'를 줄여 영동대교라 한다나? 그러니까 하제의 영동대교 선배는, 동아리 선배를 뜻했다.

여기서 중요한 것은 영동대교나 잠실대교가 아니었다. 남녀공학에 다니는 하제가 남자 선배와, 그것도 단둘이 저녁을 먹었다는 사실이었다. 게다가 밥을 먹은 장소도 썩 좋지 않았다. 바로 이내랑 자주 갔던 중식당이었으니까. 어떻게 알았느냐 묻는다면, 두 사람이 함께 있는 그 광경을 하필 지나가던 이내가 실시간으로 목격해 버렸다.

여자친구가 단골집에서 다른 남자와 다정히 밥을 먹고 있다면, 과연 어떤 놈이 눈이 안 돌아가고 배길까?

"그렇다고 나랑 눈 마주치기 무섭게 가 버리는 게 어디 있어? 전화도 안 받고."

그 순간 이내의 눈에는 붉고 노란 단풍이 검게 보일 것이요, 하늘은 온통 잿빛으로 뒤덮였을 것이며, 온 세상이 보이지 않는 번개와 천둥으로 요란했을 것이다.

"정 그러면 들어와서 누구냐고 직접 물어보면 되잖아."

그런 상황에서 정중히 나타나 '실례지만 내 여자친구와 지금 다정히 식사하고 계시는 너 새끼는 누구십니까?' 하고 침착하게 물을 수 있는 남자가 과연 몇이나 될까?

"그게 생각처럼 쉽지 않아."

장담컨대 머릿속의 뇌세포가 일시 정지해 버려 생각이란 걸 할 수 없었을 테지. 그런데 나는 왜 이리 자세히 알고 있을까? 자문할수록 나우는 스스로가 너무 한심하게 느껴졌다. 아니 그냥 바보 그 자체였다.

"왜? 궁금하잖아. 나 같으면 들어와서 직접 물어봤을 거야."

하제가 손에 쥔 캔 커피를 따서는 꿀꺽꿀꺽 마셨다. 역시 따뜻한 것보다 찬 음료가 어울리는 분위기였다. 하지만 커피는 미적지근했다. 뜨겁지도 차갑지도 않은, 모호한 커피 온도가 꼭 자신 같다고 나우는 생각했다.

"솔직히 입장 바꿔 생각해 봐. 네가 길을 가는데 이내가 다른

여자애랑 다정히 밥 먹고 있는…….'

"그놈의 '다정히' 좀 빼지?"

하제가 쏘듯이 말했다. 나우가 잘근잘근 아랫입술을 깨물었다.

"내 말은 너도 많이 당황해서 이성적으로 판단하기 쉽지 않았을 거라고."

"아니, 나는 안 그래. 나는 혼자 멋대로 상상하지 않아. 분명히 물어봤을 거야."

"물론 너는 이내보다 훨씬 이성적이니까."

"이건 이성 운운할 문제가 절대 아니야."

아파트 놀이터에 서서히 빛이 사라지고 있었다. 가로등이 엷은 홍시를 닮은 눈동자를 반짝이며 두 사람을 굽어보았다.

"믿음의 문제야."

하제가 선명한 눈빛으로 힘주어 말했다.

"나는 이내 믿으니까. 우리 한두 해 사귄 거 아니잖아. 그 시간 절대 무시 못 해. 내가 싫어질 수 있어. 하지만 속이진 않을 거야. 적어도 내가 알고 있는 강이내는 그래."

갑자기 손에 쥔 캔 커피가 무겁게 느껴졌다. 150밀리리터밖에 안 되는 이 작은 것을 들고 있기 힘들 정도였다. 나우가 커피를 따서 한입에 들이켰다. 손에 쥐고 있기 힘들면 그냥 마셔 버리면 그만이었다. 대신 마음이 무거워지려나? 말도 안 된단 생각에 피식 헛웃음이 나왔다.

"왜, 내 말이 우스워?"

"아니 무거워."

뭐? 되묻는 표정으로 하제가 고개를 돌렸다.

"가볍지 않다는 뜻이야. 말에 무게감이 있다고."

"⋯⋯."

"믿음은 그런 거잖아."

나우의 귓가에 나직한 한숨이 들려왔다.

"내 친구가 그 선배를 좋아해."

"뭐?"

전혀 상상하지 못한 전개였다. 명치 끝에 매달린 추가 툭 하고
떨어져 버렸다. 하제와 그 선배는 아무 관계가 아니었구나. 그러
나 이 안도는 결코 자신의 것이 될 수 없었다. 오직 이내의 몫이
었다. 나우가 반쯤 남은 커피를 마저 비워 냈다. 이 멍청한 뇌 속
에 독한 카페인이라도 쏟아부어야 했다. 그렇게라도 정신을 차리
고 싶었다.

"응."

하제가 고개를 끄덕이고는 조용히 이야기를 시작했다.

처음에는 친구가 흥미로운 동아리를 찾았다고 생각했다. 하제
도 영어를 싫어하지 않았고, 운동이나 악기, 그 밖에 영화나 역

사 동아리에는 관심이 없었다. 딱딱한 독해 지문보다, 다양한 스토리의 영어 동화를 읽으면 재미와 공부 두 마리 토끼를 잡을 수 있을 테니까. 절대 나쁘지 않다고 믿었다. 그렇게 친구와 이름도 유치찬란한 영동대교 동아리에 가입했다.

"영어 숙제는 안 해 오는 애가, 동아리 시간에 읽을 영어 동화책은 한 권을 다 외울 정도로 공부하잖아. 영어를 저 정도로 좋아한다고? 영어 수행 평가도 대충 하는 애가?"

그제야 하제의 눈에도 하나둘 보이기 시작했다. 동아리가 있는 금요일이면 유독 화려해진 머리 모양, 선배의 칭찬에 귓불까지 붉게 물드는 얼굴, 교실에서는 버럭버럭 내지르던 목소리가 동아리 시간만큼은 상냥해지는 이유가 무엇인지를. 밸런타인데이에 초콜릿 상자를 손에 쥔 선배를 보며, 자신의 가방 속 초콜릿을 꺼내 아무 남자아이에게 내던지듯 줘 버렸던 의미를. 손끝은 동화책의 문장을 따라가면서도 자꾸만 선배를 힐끔거리는 눈빛과 떨리는 목소리, 배시시 웃는 미소와 괜스레 교복 재킷을 만지작거리는 손길까지. 이 모든 어색한 순간이 서서히 파악되기 시작했다.

"우리 학교가 좀 복잡해. 앞뒤 건물이 중간 다리로 이어지고 입구도 여러 개라서 나도 입학해서 한동안 교실 찾느라고 헤맸어. 내 친구도 처음 학교 와서 헤맸나 봐. 그때 선배가 친절하게 1학년 교실까지 데려다줬대."

그 짧은 만남은 미로 같은 학교만큼이나 누군가의 마음을 복잡하게 했다.

"그렇게 1학년부터 짝사랑하다가, 2학년이 됐잖아. 선배는 고3 되고."

고3이란 본디, 본인보다 주위 사람들이 더 부담스러워하는 시기였다. 고3이 있는 집에 방문해서는 안 되고, 괜한 연락도 하면 안 되었다. 고3의 시간을 1초라도 빼앗는 건, 엄청난 잘못이니까. 선생님들조차 고3 교실이 있는 복도에서는 소리치지 않았고 슬리퍼를 끌지 않았으며 지나가는 말이라도 '떨어졌다, 떨어뜨렸다, 미끄러졌다, 물 먹었다'라는 소리를 절대 입에 올리지 않았다.

'선배 고3이잖아. 이제 동아리도 안 나오고 곧 졸업인데. 이제 와 고백해서 뭐 해.'

잔뜩 풀 죽은 친구를 향해 하제가 소리쳤다.

'그러니까 지금이 절호의 고백 타이밍이라는 거야. 고3이라 동아리 안 나오지, 곧 졸업이지. 네가 고백해서 차여도 그 선배랑 마주칠 일 별로 없어. 얼마나 좋아.'

같은 시간을 두고 누구는 최악의 타이밍이라 했다. 또 다른 누군가는 절호의 기회라 했다. 누가 어떻게 해석하느냐에 따라 전혀 다른 결과를 보여 줬다.

'그러다 혹시 받아 주면?'

'그럼 따라가.'

'어디?'

'그 선배 학교. 죽어라 공부하는 거지.'

'내가 죽어라 공부해서 같은 대학 붙었는데 선배 그새 여자친구 사귀면?'

하제가 팔짱을 끼고는 고개를 15도 왼쪽으로 기울였다.

'왜? 결혼해서 아기까지 낳았는데 선배 바람피우면, 그 걱정은 안 되니? 선배 사기당해서 집 쫄딱 망하면, 그건 걱정 안 돼? 이제 좀 편안하게 노후를 즐기나 했는데 선배 덜컥 큰 병 걸리면, 그건 걱정 안 되고?'

'야 류하제! 그만해.'

'너야말로 그만해. 그냥 선배 졸업 전에 마지막으로 네 마음 한 번 고백하는 거야. 그것만 생각해. 왜 혼자 빛의 속도로 달려, 오지도 않을 미래에 먼저 가 있냐고.'

하제가 다정히 친구의 어깨를 감싸안았다.

'너 같은 길치가 영동대교까지 용감하게 잘 찾아왔잖아? 그럼 건너는 봐야지. 그래야 너머에 뭐가 있는지 알 것 아니야?'

진심 어린 응원 덕분일까? 친구는 결국 짝사랑하던 선배에게 고백했다. 늘 머뭇거리던 그 다리 위를 두 발로 뚜벅뚜벅 건넌 것이다. 결과는 누구나 예상한 그대로였다. 고3인 선배가 할 수 있는 대답이라고는 수능 답처럼 이미 정해져 있었다. 대학생이 되어 만나자는 공익광고 같은 말. 그것은 괜한 희망 고문일지도 몰랐다. 끝까지 다정한 선배로 기억되고 싶은, 그럴싸한 연극 대사일 수도 있었다. 하지만 누군가를 오랫동안 마음에 담아 둔 사람들은 알고 있다. 그 약속 아닌 약속에 자신의 전부를 걸 수도 있다는 사실을.

"정말 둘이 캠퍼스에서 다시 만나면 그땐 선배가 오히려 내 친구에게 매달릴지 몰라. 미래를 어찌 알아? 미래의 현실은 선배에게 더 냉정하고 잔인할지도 모르잖아."

"그런데?"

나우가 물었다.

"그런데?"

되묻던 하제가 아하, 싶은 표정을 지었다.

"왜 그 선배랑 단둘이 밥을 먹었냐고?"

나우가 고개를 까딱하며 최대한 자연스럽게 보이려 노력했다.

"다음 주가 내 친구 생일이야. 그동안 받은 것이 너무 많다고 자기도 선물을 해 주고 싶은데 뭘 해 줘야 할지 모르겠다고 해서. 같이 선물 골라 준 대가로 저녁 사 준다고 했어."

"그런데."

"그런데?"

하제의 시선이 허공을 더듬었다. 그러고는 풋 하고 바람 빠지는 소리를 냈다.

"왜 하필 이내랑 자주 갔던 중식당이었냐고?"

더는 긴 설명이 필요 없었다. 단 한 마디만으로도 충분했다. 언제 이렇듯 가까워졌을까. 하지만 정작 하고 싶은 질문은 따로 있었다. 그것은 결코 아무도 몰라야 했다. 나우 스스로조차 잊으려 노력했다.

"나 거기 볶음밥 한번 먹어 보고 싶어서."

"볶…… 음…… 밥?"

목소리가 스타카토처럼 끊어져 나왔다. 하제가 고개를 주억거렸다.

"나 사실 밥 좋아하거든."

그 한마디가 나우의 가슴을 싸하게 건드렸다.

'나는 짬뽕을 좋아해. 나우 이 자식은 짜장면 좋아하고. 그래서 내가 맨날 중식 먹을 때 같이 먹으려는 거야. 짜장면 한 젓가락 빼앗아 먹어야 하거든. 짜장면은 애피타이저니까. 웃기지?'

그랬었구나. 늘 짜장면을 선택하는 이유가 있었구나. 그 멍청한 자식은 그런 줄도 모르고 입맛까지 천생연분이라는 헛소리를 지껄여 댔구나. 아니, 몰랐던 건 나우도 마찬가지였다. 하제는 정말 짜장면을 좋아하는 줄 알았다. 두 사람은 입맛도 잘 맞는구나, 생각했다.

"야 솔직히 좀 의외다."

하제가 까르르 웃고는 나우를 향해 고개를 돌렸다.

"걔 평소에는 되게 순둥순둥해도, 한번 화나면 장난 아니잖아. 우리 새로 개업한 식당 갔던 날 기억해? 반값 행사해서 사람들 엄청나게 몰려들고 다들 줄 서서 기다리는데 우리 앞에 새치기 하려던 아저씨 있었잖아?"

기억난다는 눈빛으로 나우가 고개를 끄덕였다.

토요일 오후였다. 식당은 사람들로 북적였고 밖에서 줄을 선 사람들도 많았다. 그런데 갑자기 한 남자가 모른 척 줄 사이를 비집고 들어와서는, 잠깐 자리를 비웠다는 거짓말을 하며 태연히 세 사람 앞에 자리를 잡았다.

"뒤로 가세요. 저희 정확히 15분 전에 왔어요."

이내가 조용히 말했다. 화날수록 냉정해지는 성격이었다. 표정과 목소리가 차분하다고 물로 봤다가는 제대로 뒤엎을 녀석이었다.

"나는 아까 20분 전에 와서 줄 섰어. 잠깐 일이 생겨서……."

안 봐도 빤했다. 가장 만만한 학생들 앞으로 슬쩍 끼어들려는 것이었다.

"20분 전이면 잠깐이 아니죠."

그 즉시 남자가 목소리를 높였다. 혹시나 했는데 안 좋은 예감은 적중했다. 어린놈이니 건방지다느니, 버르장머리나 싹수를 들먹이는 말도 안 되는 욕설이 날아들었다.

"아저씨 나 알아요? 왜 함부로 반말하고 욕해요?"

애초에 이런 말이 먹히는 상대였다면, 새치기 따위는 하지 않았겠지. 험악해진 분위기에 결국 앞에 서 있던 아주머니가 뒤돌아 혀를 찼다.

"어린 학생들 앞에서 창피하지도 않나. 나이 먹은 게 무슨 벼슬이라고. 먹었으면 나잇값을 해야지."

주위 사람들이 한 마디씩 거들자 남자는 욕설을 내뱉으며 자리를 떴다. 일은 그렇게 마무리되는가 싶었다. 그런데 이내는 밥 먹는 내내 얼굴에서 표정을 지웠다.

"그 아저씨 신경 쓰지 마. 원래 개념 없는 사람들 있잖아."

하제가 부러 밝은 목소리로 말했다. 그러자 녀석이 손에 쥔 젓가락을 내려놓더니 가라앉은 목소리로 말했다.

"나도 그 아저씨랑 크게 다를 게 없는 것 같아서."

생각지도 못한 이야기가 흘러나왔다. 나우와 하제 두 사람의 시선이 이내에게로 향했다.

"왜 어리다고 반말하냐, 그 아저씨에게는 기분 나빠하면서 정작 나도 그랬어. 학교 후배나 어린 꼬마들한테 당연하게 반말부터 했으니까."

"야, 꼬마들은……."

"우리가 저 아저씨 나이 되면 꼬마들은 우리 나이가 되겠지."

나우의 얼버무림을 이내가 빠르게 받아쳤다. 그날 이후 이내는 처음 보는 후배들이나 어린 동네 꼬마들에게조차 말을 놓지 않았다. 그런 녀석을 후배들은 어려워했지만, 절대 불편해하거나 싫어하지 않았다. 늘 실없이 히죽거리며 아무 고민도 없어 보이지만 이내는 그런 녀석이었다. 생각이 깊고 마음이 넓었다.

어쩌면 하제는 이내의 그런 모습이 좋았는지도 몰랐다. 그날 일을 떠올리며 나우는 식어 버린 캔 커피를 만지작거렸다.

놀이터는 어둠에 싸여 있었다. 차들이 하나둘 주차장으로 들어왔다. 엔진이 꺼지고 차 문 여닫는 소리가 이어졌다. 지친 하루를 마치고 집으로 돌아가는 발소리가 느리게 울려 퍼졌다.

"나랑 선배 같이 있는 모습 보고 당장에 들어와서 조곤조곤 따질 줄 알았거든. 걔 화나면 오히려 이성적으로 변하잖아. 왜 그냥 가 버린 거야?"

"무서웠겠지."

"그 선배가? 어딜 봐서? 그 선배 험상궂은 이미지 아닌데? 되게 말라서 손목이 나보다 가늘어. 내 친구야 하얗고 여리여리한 미소년이 이상형이라 꽂혔는지 몰라도……."

"그 선배가 아니라 네가 무서웠을 거야."

나? 되묻는 얼굴로 하제가 제 가슴을 가리켰다.

"네 입에서 무슨 소리가 나올지 이내는 그게 무서웠을 거라고."

무섭고 두려웠을 것이다. 그래서 차마 묻지 못했겠지. 도망치듯 자리를 벗어났겠지. 그 마음이 무엇인지 나우는 알 것 같았다. 여자친구도 없는 내가 왜 알 것 같지? 자문해 보지만 도저히 대답할 수 없었다. 나우는 지금 하제와 나란히 놀이터 벤치에 앉아 있다.

"걔도 질투를 다 하네?"

"그 걔가 바로 네 남자친구다."

"말의 뉘앙스가 이상하다."

두 사람이 작게 소리 내어 웃었다.

"그런 넌 나랑 이내 사이 질투한 적 없어?"

나우는 손에 쥔 캔 커피를 떨어뜨릴 뻔했다. 가슴속 무언가가 쿵 소리를 내며 추락했다.

"내가…… 무슨……."

말을 안 하면 긍정이 될 것 같았다. 뭐라도 내뱉으려 했는데 입이 제멋대로 더듬거렸다.

"너랑 이내 어릴 적부터 절친이잖아. 원래 절친이 여친이나 남친 사귀면 좀 질투 나지 않아?"

하제가 슬쩍 눈치를 살피고는 말을 이었다.

"처음에 이내가 너한테 나 소개해 줄 때 네 표정이 좀 그랬어."

"내…… 내 표정이 뭐?"

"뭐야? 얘는? 되게 짜증 나는 얼굴이었어. 별로 나한테 말도 안 걸고. 우리랑 같이 어울리려고도 안 했잖아."

처음 보는 순간 너무 눈이 부셔서 제대로 보지 못했다. 괜스레 가슴이 떨려서 도무지 입이 떨어지지 않았다. 두 사람이 나란히 서 있는 모습을 보는 게 힘들어서…….

"어떻게 알았냐?"

그런데 오해했구나, 내가 싫어서 짜증 낸다고 느꼈구나. 다행이라 생각해야 하는데 이상하게 가슴에 구멍이 생긴 기분이었다. 그 사이로 서늘한 밤바람이 지나갔다.

나우가 어깨까지 들썩이며 혼자서 키득거렸다.

"거봐. 내가 그럴 줄 알았어."

하제가 이해한다는 듯 부드러운 웃음을 보였다.

"그럴 만도 해. 가장 친한 친구를 빼앗겼다고 생각했겠지. 나 의외로 눈치가 빠르거든."

'두 번만 빨랐다가는……' 생각하며 나우가 천천히 몸을 일으켰다. 어쨌든 이것으로 모든 오해는 풀렸다. 지금쯤 누군가는 목이 빠져라, 나우의 연락을 기다리고 있을 테지.

"그만 가자."

"나우야."

하제가 몸을 일으키고는 나우를 향해 돌아섰다.

"아까 볶음밥 얘기는 이내한테 하지 마."

어둠 속에서 하제의 미소가 달처럼 밝게 빛났다. 밤공기가 조금 더 차가워진 기분이었다.

"너도 이내한테 괜한 얘기하지 마."

"무슨?"

"나 이제 질투 안 해."

하제처럼 활짝 웃으려 했는데, 생각처럼 쉽지 않았다. 가을이라 밤이 빨리 찾아들었다. 어색한 미소를 보이지 않아 다행이라고 나우는 생각했다.

"당연한 걸 뭘 말해."

정말 당연한 일일까? 하제를, 두 사람을 질투하지 않는 게 어느 틈에 당연시됐을까. 세상은 내 의견과는 상관없는 일들이 너무 많이, 자주 일어난다. 그리고 그 억울한 시간을 묵묵히 견디는 게 삶이라는 걸 알게 되었다. 전장을 누빈 장수의 몸처럼, 사람의 마음에도 수많은 상흔이 생긴다. 이런 깨달음이 하나둘 늘어 가면 세상은 비로소 그를 어른이라고 부를까.

가슴에 우물 하나가 생긴 기분이었다. 물이 모두 말라 버려 돌멩이를 떨어뜨렸을 때 찰방, 소리가 아닌 뿌연 흙먼지가 일어나는 사막 같은 곳. 아무리 물을 마셔도 가슴속 갈증이 사라지지 않았다.

하제와 헤어지고 돌아서는데 주머니에서 진동이 느껴졌다. 핸드폰을 꺼내자 화면에 세 글자가 깜빡였다. 나우가 허탈한 미소를 짓고는 통화 버튼을 눌렀다.

"어디서 지켜보고 있었냐? 안 그래도 지금 막 너한테……."

"롸잇 나우 너 지금 우리 집으로 빨리 와."

"집까지 갈 필요 없어. 하제가……."

"아니다. 내가 나가는 게 낫겠다. 야, G마트 있지? 너 그쪽으로 와."

전화는 일방적으로 끊어졌다. 톡을 보내고 통화 버튼을 눌렀지만 응답이 없었다. 다급한 목소리로 보아 장난은 아닌 것 같았다. 하제가 궁금했다면 전화만으로도 충분했을 것이다. 왜 엉뚱하게 G마트로 오라는 것일까? 나우가 귀찮다는 표정으로 화면을 바라보았다.

"되게 짜증 나는 얼굴은 이런 거야."

껑충한 몸이 돌아서 오던 길을 되짚어갔다.

6

나우가 테이블에 턱을 괸 채 노란색 칵테일을 바라보았다. 바텐더는 유리잔을 닦고 주변을 정리했다. 정체를 알 수 없는 병들을 진열하고 홀에 있는 테이블도 정돈했다. 분주한 와중에도, 칵테일 한 잔을 앞에 둔 열다섯 소년을 살피는 일 또한 잊지 않았다.

"한 번 더 말씀드리자면, 비록 주류는 판매하지 않지만, 이곳은 엄연한 바입니다."

나우의 두 눈이 천천히 정면으로 향했다. 크고 까만 눈동자가 흑진주처럼 영롱하게 빛났다. 보고만 있어도 지루하지 않을 얼굴이었다. 파스텔 톤의 화려한 칵테일처럼 아름다웠다.

"이제 곧 오픈할 시간입니다. 손님들이 오셨을 때, 웬 미성년자가 테이블에 앉아 세상 온갖 고민을 다 짊어진 얼굴을 하고 있다면, 적잖이 놀라지 않을까 싶습니다만?"

"그런 손님이 있다면, 칵테일 한잔하자고 해. 이곳에 왔다는 것 자체가 멀쩡한 정신은 아니라는 뜻이니까. 나랑 통하는 게 많을 거야."

바텐더가 질렸다는 듯 미간을 일그러뜨렸다.

"너무 오래 두면 향이 날아갑니다."

"향이 날아가는 게 낫겠지."

"……."

"내 인생이 송두리째 날아가는 것보다."

"너무 극단적인 표현을 쓰시는군요. 말끝마다 죽겠다, 미치겠다, 하지만 정작 진짜 죽고 미치는 사람은 적죠."

"적을 뿐 아예 없지 않아. 그 사람 오늘 만나게 해 줘?"

"고맙지만 사양하겠습니다."

"나는 아니야."

바텐더의 두 눈에 봉긋한 물음표가 떠올랐다.

"시간을 손에 쥐고 신나게 저글링하는 위대한 그분을 좀 만나고 싶은데?"

"그분은 늘 손님 곁에 계십니다."

지금도 흘러가는 시간 자체라는 뜻일까? 주위에 있지만 늘 잊고 사는, 중요하다 말하지만 정작 쉽게 잊어버리는 어쩌면 잃어버리는 그것.

"그래서 G마트에는 가셨습니까?"

바텐더의 질문은 다분히 의도적이었다. 갑자기 왜 대화의 방향을 바꾸려는지, 그 이유를 물어보면 답해 주려나? 아마 듣기 힘들 것이다.

"마트가 아니라 그 반대편에 볼일이 있었어."

"뭐가 있었는데요?"

"동물병원."

아하 하는 표정으로 바텐더가 한쪽 눈을 찡긋해 보였다.

급하게 끊어 버린 전화는 다시 연결되지 않았다. 분명 하제의
이야기는 아닌 듯싶었다. 마트에 도착할 무렵이 되어서야, 이내에
게 뒤늦게 톡이 왔다.

　─마트 반대편에 있는 동물병원으로 와.

"뭐야 이 자식."

설마 하는 마음으로 찾아간 곳에 웬 상자를 품에 안은 이내가
있었다.

"야, 같이 들어가자. 너 혹시 돈 있냐? 나는 5만 원이 전부다.
엄마 체크카드 뺏겼어."

나우가 기웃이 목을 빼 상자 속을 들여다봤다. 처음에는 까만
털을 아무렇게나 뭉쳐 놓은 것으로 생각했다. 그런데 그 까만 털
뭉치가 움찔거렸다.

"뭐야? 쥐야?"

"눈이 삐었냐? 고양이잖아."

쥐를 잡는 게 고양인데, 이 정도 크기라면 오히려 쥐에게 당하
고도 남을 터였다.

"이게 고양이라고?"

그 대답은 상자 속에서 들려왔다. 작은 털뭉치는 미약하게나마 삑삑거리며 자신의 존재를 밝히려 애를 썼다. 어떻게 된 거야? 눈으로 묻는 나우를 향해, 그렇게 됐다. 이내도 눈으로 대답했다.

여자친구가 다른 남자와 다정히 한 공간에 있는 그 모습을 실시간으로 목격했다. 그렇게 도망치듯 집으로 돌아왔지만, 아무것도 할 수 없었다. 텔레비전도 게임도 인터넷도 소용없었다. 가슴 속에선 활화산이 폭발하고 입에서는 뜨거운 욕설이 튀어나왔다. 결국 녀석은 집을 뛰쳐나와 발길이 닿는 대로 걷고 또 걸었다.

"초등학교 뒤에 연결된 산책로? 거기 풀숲에 있었다고?"

나우가 묻자 이내가 크게 고개를 끄덕였다.

"처음에는 무슨 병아리 소린가 했어. 날이 어둑어둑해서 잘 보이지도 않는데 점점 크게 울잖아. 혹시나 해서 찾아봤더니 풀숲에 웅크리고 있더라."

이내가 상자를 내려다보며 빠르게 덧붙였다.

"무작정 데려온 거 아니야. 어미 있는지 한참을 기다렸어. 그런데 안 오잖아. 날씨도 춥고 그냥 가면 죽을 것 같아서 우선 집에는 데려왔는데…… 참치 통조림을 줘도 안 먹어."

"이 멍청아, 갓난쟁이한테 갈비 주면 먹겠냐?"

결국 두 사람은 쥐처럼 작은 고양이를 데리고 동물병원으로 향했다. 다행히 녀석에게는 아무 문제가 없었다. 너무 어린 어미한테서 태어나 제대로 된 보살핌을 받지 못했거나, 어미가 새끼 있는 곳으로 돌아오지 못했을지도 모른다고 했다. 두 사람은 가진 돈 전부를 모아 분유와 고양이 용품을 샀다. 그렇게 두 소년과 고양이는 동물병원을 나와 터벅터벅 밤길을 걸었다.

그 사이 하제에 대한 나우의 대략적인 브리핑은 모두 끝났다.

"이제 어떡할 거야?"

이내가 얼굴에 특유의 짓궂은 미소를 그려 넣었다.

"같이 살아야지."

"미친놈아, 누가 고양이 말했어?"

"나 고양이 말한 거 아닌데."

"……."

"나중에 하제랑 같이 살 거라고. 결혼해서 알콩달콩."

"하제 입맛도 모르는 주제에."

오토바이가 귀를 찢는 굉음을 내며 두 사람과 고양이를 지나쳐 갔다.

"뭐라고? 못 들었어. 하제가 뭐?"

'하제 면 안 좋아해. 밥을 더 좋아한다고. 그런데 너 때문에, 그 유별난 식성 맞춰 주느라 매번 짜장면 먹는 거야. 그런 것도 모르면서 무슨 알콩달콩이야.'

오토바이가 한 열 대쯤 지나가길 바랐다. 세상을 찢는 굉음과 경적을 울리며 끊임없이 지나가기를. 그 사이 하고 싶은 이야기를 마음껏 떠들 수 있게. 오래된 진심과 쌓일 대로 쌓인 감정이 지독한 소음에 흔적 없이 파묻혀 버리길 바랐다.

"너 진짜 이 꼬맹이 키울 거냐고?"

"그럼 이 추운 날 풀숲에 도로 데려다주냐. 사람 냄새도 묻었잖아. 어차피 다시 못 돌아가. 인연인가 봐. 아마 이 녀석 만나려고 하제랑 그런 오해가 생겼나?"

"나는 다시 돌아가고 싶다."

어디로? 물으며 이내가 고개를 돌렸다.

"너랑 인연되기 전으로."

무심한 한마디에 이내가 멈춰 섰다. 앞서 걷던 나우도 걸음을 멈추고 몸을 돌려세웠다.

"너 진심이야?"

느물느물 웃던 얼굴에 미소가 사라졌다.

"왜 그래? 갑자기. 뭔 말을 못 해. 야, 꼬맹이 춥겠다. 빨리 와."

어색한 분위기를 바꾸려 괜한 고양이를 들먹였다. 이내가 한숨을 내쉬고는 느린 걸음을 옮겼다.

"나는 너랑 좀 다를 것 같아."

"또 뭐가?"

"너 여자친구 생기면 솔직히 기분 이상할 것 같거든."

이내가 말끝을 흐리고는 슬쩍 나우를 곁눈질했다.

"너처럼 아무렇지 않을 것 같지 않아. 너, 나 베프로 생각이나 하냐?"

이번에 걸음을 멈춘 사람은 나우였다. 이내가 상자를 품에 안은 채 몸을 돌려세웠다.

"강이내, 너는 참…… 나쁜 놈이야."

이 말을 끝으로 나우가 성큼성큼 앞질러 걸어갔다.

"같이 가."

이내의 목소리가 등 뒤에 날아와 부딪혔지만 애써 모른 척했다. 마음속 마른 우물에서 또 한 번 퍼석한 먼지바람이 일어났다. 차라리 마음껏 미워할 수 있으면 좋으련만, 녀석은 그럴 기회조차 주지 않았다.

나우가 양과 별을 세며 새벽까지 침대에서 뒤척이던 날, 밤을 뭉쳐 놓은 듯 온몸이 까만 털로 뒤덮인 고양이는 그렇게 이내의 또 다른 인연이 되었다.

수컷이었고 반짝이는 푸른색 눈을 가지고 있었다. 이름은 잉크라 지었다.

"건강하고 행복하게 형과 끝까지 함께해야 해."

이내는 그 작은 발에 인주를 묻혀 발 도장을 찍었다. 잉크와 정식 동거인이 되었다는 메시지와 함께 나우와 하제에게 사진을 보냈다.

— 이건 너무 일방적 계약인데? 잉크 말도 들어 봐야 함.

나우가 답장을 보내기 무섭게,

— 나는 이 계약 반댈세. 잉크는 내 사랑이야. 잉크야 누나가 곧 구해 줄게.

격분한 이모티콘이 연거푸 나타났다.

잉크는 아름답고 신비로운 고양이였다. 이내는 종종 녀석을 보며 말했다. 검은 고양이가 불운이나 악의 상징이 된 것은 이토록 도도하고 우아하며 카리스마 넘치는 아름다움을 인간들이 질투했기 때문이라고……

"질투라는 감정이 얼마나 복잡한데 그렇게 쉽게 갖다 붙이는 거 아니다."

그 뜻을 미련하고 멍청하며 순진한 강이내가 알 턱이 없겠지. 어쨌든 녀석의 고양이는 무럭무럭 건강하게 잘 자랐다. 잉크는 고양이 특유의 도도한 성격을 지니고 있었다. 이내의 집에 찾아가면, 그 즉시 캣타워로 올라가 높은 곳에서 보석 같은 파란 눈으로 물끄러미 나우를 내려다보았다. 뭔가 꿰뚫어 보는 듯한 눈빛에 나우는 종종 시선을 돌렸다. 아무리 불러도 오지 않던 녀석은 이내의 "잉크" 한마디에 곧바로 몸을 날렸다. 그리고 우아하게 바닥에 착지해 제 주인 곁으로 다가왔다. 이내 외에는 좀처럼 곁을 주지 않았다. 녀석은 알고 있었다. 자신을 구해 준 사람이 누구인지. 그리고 그와 어떤 계약을 맺었는지까지.

"이곳에 처음 왔을 때 고양이를 따라왔다고 했지. 그 녀석이 잉크를 정말 많이 닮았어."

나우가 칵테일에 시선을 둔 채 중얼거렸다.

"잉크라는 친구는 지금 어디에 있습니까?"

바텐더가 물었다.

"죽었어."

"……."

"갑작스러운 심장마비로."

녀석은 창밖 주차장이 한눈에 내려다보이는 캣타워에서 밤낮 없이 이내를 기다렸다. 그러던 어느 날이었다. 땅거미가 지는 늦은 오후, 슬슬 활동을 해야 할 녀석이 깨어나지 않았다. 잉크는 깊은 잠에 빠진 듯 행복한 꿈을 꾸듯 편안한 표정으로 죽어 있었다. 심장마비의 정확한 이유도 원인도 알 수 없었다. 이내가 죽은 지 한 달 후의 일이었다. 잉크는 아무리 기다려도 돌아오지 않는 주인을 찾아 죽음 위에 꾹꾹 제 발 도장을 찍으며 직접 찾아나섰다.

"고양이는 지혜로운 존재입니다. 자신이 받은 것에 반드시 어떤 응답을 하죠."

바텐더가 검은 눈을 반짝이며 은밀한 목소리로 읊조렸다.

"그것이 때론 은혜의 보은이 될 수도 있고, 원망의 저주가 될 수도 있습니다."

잉크 덕분에 먼 곳으로 가는 길이 덜 외로웠을 테지. 이내를 아는 모든 이들은 그렇게 생각했다. 그 간절함에는 나우의 마음도 들어 있었다.

"이제 내 차례군. 나는 그 녀석에게 어떤 응답을 해야 하지?"

나우가 노란색 칵테일이 담긴 잔으로 눈을 돌렸다.

"지금이라도 돌아가서 너는 며칠 뒤에 죽을 것이다, 말해 줘야 할까?"

"왜 말해 주지 않았습니까?"

바텐더가 물었다.

"그걸 본인에게 직접 말하라고?"

나우가 어이없는 웃음을 터뜨리자 바텐더가 손끝으로 까만 나비넥타이를 만지작거렸다.

"생각해 보니 그건 너무 잔인한 일이네요."

"그걸 생각해 봐야 알아?"

생각만으로 세상의 온갖 답을 찾을 수 있다면 얼마나 좋을까. 생각하고 고민하고 숙고해도 풀리지 않는 문제, 해결되지 않은 난제들이 너무 많았다. 설령 생각이 괜찮은 답을 찾는다고 해도,

정작 마음이 따라주지 않으면 끝이다. 인간은 늘 생각보다 마음의 힘이 세니까.

"그럼 잔인한 소식 말고, 조금 더 색다른 소식을 전하는 건 어떨까요?"

"색다른 소식이라니?"

"쉬는 시간마다 노트에 무언가를 끄적이던 같은 반 친구분을 얘기하는 겁니다."

나우가 잠시 두 눈을 깜빡였다. 노트에? 생각하다, 머릿속에 봉긋이 성진이 떠올랐다.

"그 친구분이 서른둘이 되었을 때 어떤 위치에 오르는지 손님은 아시지 않습니까."

바텐더가 다시 말했다. 나우의 입가에 엷은 미소가 지나갔다.

"대단한 녀석이 됐지."

"하지만 지금은 자신의 미래에 대해 몹시 불안해하고 있습니다. 자신이 하는 일이 삶에 아무 도움도 되지 않는다 생각하잖아요."

단순한 취미로 시작했지만 시간이 지날수록 성진은 점점 더 빠져들었다. 문제는 지금 당장 그 일이 성적을 올리는 데 전혀 도움이 되지 않는다는 사실이었다. 나우 역시 한때는 그런 성진을 한심하게 봤었다. 그랬으니 정신 차리라는 말을 그토록 쉽게 내뱉었겠지. 성진을 위한다는 그럴싸한 이유를 앞세워…….

"미래를 알려 주면 오히려 안도하지 않을까? 어차피 그렇게 될 텐데 뭘 이리 악착같이 살아야 하나. 기대와 여유가 생기겠지. 그 안일함에 정작 그 미래에 닿지 못할 수도 있어."

불안과 초조함이야말로 성진을 그 자리까지 오르게 한 진짜 원동력인지도 몰랐다. 한 치 앞도 내다볼 수 없는 상황이었고, 아무것도 보장되지 않는 미래였을 테니까.

"그래서 더 즐겼는지도 몰라."

성진의 성공은 불확실한 미래에 과감히 자신을 내던진 보상이었다. 오롯이 그 과정을 견딘 자만이 성취할 수 있는 결과였다. 그런 녀석에게 완성된 미래를 얘기해 준다? 등산하려는 사람을 번쩍 들어 산 정상에 툭 떨어뜨리는 일이 아닐까.

녀석은 아무도 없는 허허벌판을 혼자 걸어갔다. 위험한 계곡을 건너고 깎아지른 암벽을 오른 후, 끝도 없이 펼쳐진 지루하고 긴 산길을 쉼 없이 걸었다.

가족들의 반대라는 시린 눈보라를 견디고, 주위의 핀잔이라는 비를 묵묵하게 맞으며 걷고 또 걸었다. 편견이라는 따가운 햇빛에 영혼까지 익어 갈 무렵이 되어서야 드디어 저 멀리 정상이 보이기 시작했다. 정상은 그런 과정을 거친 자들에게 의미 있는 것이었다.

오래전부터 그 위태로운 과정을 안타깝고 불안한 시선으로 지켜봤다. 그 때문에 나우는 누구보다 성진의 성공이 기쁘고 대견했다.

"만약 그 친구분이 성공하지 않았다면, 손님은 그때도 미래에 대해 침묵하실 겁니까?"

나우가 손가락으로 톡톡 테이블을 두드렸다. 어쨌든 성진은 성공했다. 만약 그 길에서 빛을 보지 못한 채 수렁에 빠졌다면, 비록 그렇다 한들…….

"'너 완전히 망할 거니까 그쪽으로는 눈도 돌리지 마.' 이렇게 말하면 과연 그 녀석이 순순히 수긍할까?"

나우가 피식 웃고는 말을 이었다.

"집 근처에 작은 카페가 생겼어. 6개월을 못 버티고 폐업을 했지. 커피 맛도 평범하고 가격도 메리트가 없었어. 그런데 그 자리에 비슷한 분위기의 카페가 오픈했어. 거짓말처럼 전 카페랑 비슷하더라고. 아니 오히려 가격은 더 비쌌어. 좀 어렵지 않을까 싶었는데 그 카페도 1년 뒤에 문을 닫았어. 얼마 전에 또 인테리어 공사를 하더라. 딱 봐도 카페였지."

바텐더가 뭔가 알겠다는 듯 고개를 끄덕였다.

"때론 아무리 미래를 보여 줘도 믿지 못하는 경우가 있어."

"세 번째 카페는 또 모르죠. 두 번이나 미래를 봤으니 뭔가 다른 대책을 세웠는지도."

미래를 보여 주는 건 그리 중요치 않았다. 정해진 미래대로 가는지, 아니면 새로운 미래를 개척하는지는 결국 행동의 문제니까. 바텐더 말처럼 똑같은 미래를 보고도 한 카페는 그 길을 따랐고, 또 다른 카페는 다른 길을 선택할지도 모르니까.

하지만 만약 그 미래가 단순히 세속적 실패와 성공의 문제가 아닌 누군가의 생명이 걸렸다면, 전혀 다른 이야기가 되지 않을까.

"갑자기 표정이 안 좋아지셨습니다. 칵테일을 마실 준비가 되셨습니까?"

"내가 그 사고 전으로 돌아가면, 이내를 살릴 수 있나?"

바텐더가 두 손바닥 펴 하늘을 향해 들어 보였다.

"그거야 전들 알겠습니까? 그 시간을 직접 경험한 분만 알겠죠."

"막으려 했지만 결국 두 사람의 인연은 이어졌어. 만약 그렇다면 내가 다시 열아홉으로 돌아간다고 해도……."

나우가 두 손을 움켜쥐었다. 과연 이 손으로 무엇을 어떻게 붙잡아야 할지, 빛 한 줄기 없는 지하실에 갇힌 듯 눈앞이 캄캄했다.

"어차피 막을 수 없다 생각되시면 그냥 처음으로 돌아가면 됩니다."

바텐더가 검지를 세워 가슴 쪽 주머니를 가리켰다. 나우가 프러포즈를 위해 반지를 구매했던 그날을 얘기하는 것이다. 그곳이 정말 처음일까? 하루아침에 몇 년씩 앞뒤로 오가다 보니, 나우는 자신의 처음이 어디인지 헷갈리기 시작했다. 하제를 만난 열다섯? 아니면 하제에게 프러포즈를 하려던 서른둘?

이 질문에 결코 대답을 들을 수 없을 것이다. 그러나 나우는 다시 물었다.

"만약 내가 이내를 살리면, 그 후에 나와 하제는 어떻게 되는 거지?"

"글쎄요. 직접 물어보면 되지 않으실까요?"

"아름다운 얼굴로 악마 같은 말을 하네."

바텐더가 빙긋이 웃으며 살짝 고개를 숙였다.

"열다섯의 얼굴로 부장님 같은 독설 감사합니다."

"결정권은 내게 없을 수도 있다는 말이지?"

잊고 있었다. 만약 나우가 진정 하제와 함께 다가올 미래를 계획하고 싶다면, 그곳에는 반드시 하제의 의견도 있어야 했다.

"프러포즈하기 전에 먼저 물어봐야 할 게 생겼네."

나우가 잔을 들었다.

"이 칵테일은 이름이 뭐지?"

바텐더가 깊게 숨을 들이마신 후 천천히 내뱉었다.

"옐로 튤립(Yellow Tulip)입니다. 노란색은 밝고 따뜻한 느낌을 주지만, 유독 노란색 튤립은 그 의미가 다릅니다. 하여 연인들끼리는 가급적 노란 튤립을 선물하지 않는다고 하네요."

계속해 보라는 듯 나우가 눈짓했다.

"노란 튤립의 꽃말은 허무한 사랑, 또는 이루어질 수 없는 사랑을 의미합니다."

"……."

"그 꽃이 손님의 입맛에 너무 쓰지 않기를 바랍니다."

바텐더가 말했다. 나우가 잠시 망설이다 옐로 튤립을 마셨다.

스물

✦

네가 떠나고 너만 남은 시간

1

눈을 뜨자 익숙한 천장이 보였다. 고개를 돌린 곳에 빛바랜 교복은 없었다. 책장에 가득했던 문제집과 참고서도 사라졌다. 다만 한눈에 보아도 크고 두꺼운 대학 전공 책들이 보였다. 컴퓨터가 사라진 책상 위에 노트북이 있었다. 교복이 있던 자리에 대학 로고가 선명한 점퍼가 걸려 있었다.

"맞아, 저 촌스러운 걸 얼떨결에 샀었지?"

나우가 침대에 누운 채 이마에 팔을 올리며 큭큭 소리 내어 웃었다. 그때 벌컥 문이 열리더니 유리가 깨지듯 쩽한 목소리가 날아들었다.

"아이고 술 냄새. 너 그렇게 밤낮없이 놀라고 비싼 등록금 대주는 줄 알아? 아니 그 학교는 신입생한테 어떻게 맨날 음주 가

무만 가르치니."

"내버려 둬요. 평생 죽어라 공부해서 이제 숨통 좀 트일 나이 잖아. 저것도 한때야."

문밖에서 아빠의 지원사격이 들려왔다.

"참 속 편한 소리를 하십니다. 요즘 세상이 어떤데. 그렇게 놀면 누가 취업시켜 주고 누가 먹여 살려 줘? 요즘이 옛날처럼 캠퍼스 낭만 찾으며 신선놀음할 수 있는 세상이에요?"

엄마가 두 배는 높아진 성량으로 맞받아쳤다. 방문 밖에 있는 사람과 침대 위에 널브러진 사람 모두에게 날리는 무서운 경고였다.

"그래도 저 녀석 불쌍하잖아요."

아빠가 방 안으로 삐죽이 얼굴을 들이밀었다.

"뭐가?"

"우리 아들 대한민국에서 태어난 건장한 20대입니다. 곧 나라의 부름을 받을 건데."

날 선 엄마의 잔소리를 아빠는 국방의 의무라는 방패로 막아 주었다. 군대를 생각하자 저절로 끙 소리가 터져 나왔다. 절대 두 번은 경험하고 싶지 않았다.

"그만 일어나. 엄마랑 아빠 예식장에 다녀올 거야. 밥은 알아서 챙겨 먹어. 아니면 중국집에서 시켜……."

엄마가 말을 멈추고 황급히 방을 빠져나갔다.

"중국집 얘기는 왜 해요?"

"나도 모르게 나왔어. 몰라. 어서 가요."

철컥, 현관문 닫히는 소리가 들려왔다. 나우가 머리맡을 더듬어 핸드폰을 집어 들었다. 숫자 10:53이 깜빡거렸다. 눈을 뜨면 습관처럼 오늘이 며칠인지부터 확인했다. 화면의 또렷한 연도와 날짜는 대학 입학 후 열흘이 지난 어느 날이었다. 엄마의 예상과 달리, 대학생이 되었다는 기쁨도 설렘도 없던 때였다. 그 시절 나우가 어울린 사람은 대학 친구들이 아닌 고등학교 때 같은 반 성진이었다.

대학 생활은 생각만큼 자유롭지도, 낭만적이지도 않았다. 10년 만에 만난 친척 어른들처럼 마냥 어색하고 낯설었다. 차라리 군대나 빨리 갈까? 고민하던 시절이었다. 왜 그래야 하는지도 모른 채 술을 마셨고 쓰린 속을 달래며 잠에서 깨기를 반복하던 그저 그런 토요일이었다. 옐로 튤립을 마시는 순간, 왜 하필 이날을 떠올렸을까?

'손님의 입맛에 너무 쓰지 않기를 바랍니다.'

바텐더의 목소리가 귓가에 맴돌았다. 핸드폰 화면에는 숫자 10:59가 깜빡였다. 시간이 11시로 바뀌기 무섭게 톡이 울렸다. 나우가 한숨을 내쉬고는 메시지를 확인했다.

— 오랜만이야. 혹시 나 기억해?

"기억하냐고?"

단 한 번도 잊은 적이 없었다. 잊을 수 없어서 술을 마셨고, 영원히 잊지 못할 것 같아 군대로 도망치려 했다. 이 한 줄의 메시지에 얼마나 가슴이 뛰었는지, 아마 이 톡을 보낸 당사자는 모를 것이다.

— 재미없는 농담은 여전하네. 잘 지내지?

나우가 곧바로 답장을 보냈다.

— 혹시 오늘 시간 괜찮아?

— 갑자기 연락도 없다가 당황했겠다.

— 바쁘면 다음에……. 너도 한창 새내기라 할 일 많지?

하제에게서 연거푸 톡이 날아왔다.

— 몇 시에 어디로 갈까?

나우는 답을 보낸 후 질끈 두 눈을 감았다. 어쩌자고 오늘로 돌아왔을까? 왜 하필 이날을 떠올렸을까? 바텐더의 예감은 정확했다. 어젯밤 나우가 마신 칵테일은 너무 썼고 후유증 또한 상당할 것이다. 노란 튤립의 꽃말은 이루어질 수 없는 허무한 사랑이라고 했던가? 바텐더는 언제나처럼 나우의 모든 것을 꿰뚫고 있었다.

하제에게서 약속 장소가 담긴 톡이 날아왔다. 몇 시에 어디에

서 만날지는 굳이 확인하지 않아도 알 수 있었다. 나우가 방을 나와 욕실 문을 열어젖혔다. 거울에 비친 얼굴은 아직 선이 여린 모습이었다. 나우는 물끄러미 거울 속 두 눈을 바라보았다. 제 것인데도 낯설고 생경한, 아직은 삶에 호기심과 기대가 가득한 눈빛이었다. 뭐라도 할 수 있을 것 같고, 도전하면 성취할 수 있으며 안 되면 될 때까지 부딪쳐 보자는, 까만 두 눈에는 젊은 열정과 배짱이 가득했다.

"내가 지난 10년 동안 너에게 무슨 짓을 한 거냐?"

어떤 경험을 시켰고, 어떤 쓴맛을 보게 했을까? 대체 무엇이 이렇듯 순수한 눈빛을 풀 한 포기 자라지 않는 사막처럼 건조하고 퍽퍽하게 만들었을까. 생각할수록 입안이 씁쓸했다.

나우가 옷을 벗고 샤워기 물을 틀었다.

3월 거리는 싸늘했다. 꽃을 시샘하는 겨울 탓에 불어오는 바람 끝이 뾰족했다. 사람들의 옷차림이 무겁고 어두웠다.

약속 장소는 나우의 집 근처 프랜차이즈 카페였다. 하제는 창가에 앉아 멍하니 거리의 사람들에게 시선을 두었다. 테이블에는 따뜻한 커피 두 잔이 놓여 있었다.

스무 살 하제의 모습은 날카로운 손톱이 되어 나우의 가슴을 할퀴었다. 얼굴에 살이 빠져 광대가 도드라졌고, 아무렇게나 자란 머리는 윤기를 잃어 퍼석했다. 티셔츠 네크라인 위로 빗장뼈가 불거져 나왔고 손목은 부러질 듯 앙상했다. 생기가 사라진 두 눈동자가 물끄러미 나우를 올려다보았다. 지금, 이 순간이 꿈이라면 분명 악몽임이 틀림없었다. 어쩌자고 이 순간으로 다시 돌아왔을까? 꿈에서조차 마주치기 싫은 시간인데 왜 스스로 걸어 들어왔을까? 그러나 후회하기엔 이미 늦어 버렸다. 이내가 사라지고 7개월이 지났다. 영원히 봄이 올 것 같지 않던 그날, 세상이 영원히 무채색에 갇혀 버린 그날, 하제는 거리에 뒹구는 낙엽처럼 바싹 마른 몸과 마음으로 나우 앞에 모습을 드러냈다.

"살이 좀 빠진 것 같네?"

어이없게도 그 말을 한 사람은 하제였다. 나우가 대답 없이 맞은편 의자를 끌어내 앉았다.

"늦었지만 입학 축하해. 네 합격 소식 들었어."

"너도 축하해. 고생했다."

12년 전에도 이런 말을 했던가? 잘 기억나지 않았다. 어쩌면 아무 말도 못 했을 것이다. 너무 변해 버린 하제의 모습에 넋이 나간 상태였는지도…….

"학교는 어때?"

하제가 힘없이 웃으며 물었다. 나우는 침묵했다. 말없이 머그잔 속 까만 세상만 내려다보았다. 12년 전에는 미처 눈치채지 못했다. 하제가 조심하고 있다는 걸, 두려워하며 떨고 있다는 사실을 알지 못했다. 그러나 서른둘의 눈으로 보는 하제는 안쓰러울 만큼 기가 죽어 있었다. 악어의 강으로 다가가는 임팔라처럼 주춤거리며 마주 앉은 나우의 눈치를 살폈다.

"뭐 그렇지."

너는 어때, 나우는 차마 되묻지 못했다. 커피보다 쓰디쓴 감정이 목 안으로 넘어왔다. 하제가 테이블 위 냅킨 한 장을 집어 들고는 귀퉁이부터 찢기 시작했다.

"지니 알지? 작년에 여우조연상 받았잖아. 우리 학교 연영과에 들어왔어. 원래 이름이 진희라고 하더라. 나도 멀리서만 봤는데 얼굴이 정말 주먹만 해. 연예인은 달라도 뭐가 달라. 참, 너희 학교 학식은 어때? 맛있기로 유명하던데. 우리는 그저 그래. 그냥 주는 대로 먹는 급식이 최곤 것 같아. 다들 교복이 편했대. 내 친구는 교수님이 시간표 좀 짜 줬으면 좋겠다고 하더라. 얼마나 웃었는지 몰라. 하나부터 열까지 다 알아서 하라니. 정말 너무하지 않아? 그냥 정해 준 교복 입고, 정해 준 시간표대로 수업 듣고 정해 준 메뉴대로 먹었잖아. 무려 12년을 그렇게 보냈는데 갑자기 성인 됐으니 뭐든 알아서 하래. 시간표도 알아서 짜고, 책도 알아서 사고, 또 강의실도 알아서 찾아다니라니. 하나부터 열까지 다 자율에 맡긴다잖아. 전공필수, 전공선택, 교양까지 정신없다. 열아홉과 스물 사이에 무슨 다른 차원의 벽이라도 존재하는 거야? 너무하지 않아?"

하제는 말이 고픈 듯 이야기를 쏟아 냈다. 손에 잡히는 대로 돌을 던지는 아이처럼, 아무렇게나 찢고 있는 냅킨처럼 맥락도 의미도 없는 얘기들을 마구잡이로 내뱉었다. 학교 이야기를 하다, 갑자기 날씨를 말했고, 권위적인 선배들을 흉보다, 요즘 유행하는 영화 줄거리를 늘어놓았다.

나우는 그때마다 고개를 끄덕였다. 가끔은 싱겁게 웃기도 했다. '그랬구나.' '아마 그럴 거야.' '우리도 똑같지.' 간간이 짧은 추임새를 넣었다. 이제 막 성인이 된 스무 살이었을 때도, 서른둘의 영혼으로도, 하제에겐 어떤 말도 할 수 없었다. 그건 하제도 마찬가지일 것이다. 자신이 지금 마주 앉은 상대에게 무슨 이야기를 늘어놓는지 전혀 모르고 있었다.

하제는 수다스러웠고 자주 웃었다. 짝짝 손뼉을 치기도 했다. 남들 눈에는 동갑내기들의 즐거운 대화로 보이겠지. 풋풋한 사랑으로 느껴질지도 모르겠다. 하지만 그럴 리 없잖은가. 1년도 안 된 시간 동안 하제는 전혀 다른 사람이 되어 있었다. 그녀의 과장된 이야기와 웃음이 화살처럼 나우의 가슴에 날아와 박혔다.

의미 없는 대화 사이로 허허로운 웃음이 떠다녔다. 그러나 침묵 속에 갇힌 듯 공허한 기분이 들었다. 테이블 위에는 하제가 찢어 놓은 냅킨들이 동그랗게 뭉쳐 있었다.

두 사람이 밖으로 나왔을 땐 하늘에 회색 구름 떼가 몰려들었다. 햇빛은 보이지 않았다.

발걸음은 자연스레 하제네 집으로 향했다. 바래다준다는 말도, 괜찮다는 대답도 없었다. 셋이 만나고 헤어질 때 하제와 이내는 늘 같은 길로 걸어갔다. 만약 이곳에 이내가 있었다면, 지금 이 길을 걷고 있는 사람은 결코 나우가 될 수 없었다.

카페를 벗어나기 무섭게 하제는 침묵했다. 조금 전 웃고 떠들던 모습이 신기루처럼 느껴졌다. 하제는 표정 없는 얼굴로 묵묵히 걸음을 옮겼다. 뒤에서 자전거가 오자 나우가 살짝 팔을 잡아당겼다. 하제는 속이 텅 빈 허수아비처럼 힘없이 끌려왔다. 방금 무슨 일이 일어났는지조차 모르겠다는 멍한 얼굴이 잠시 나우를 바라보고는 허청허청 다시 길을 걸었다.

하제의 집은 아파트 단지 가장 안쪽에 있었다. 바로 앞에는 놀이터와 커다란 은행나무가 제자리를 지키고 있었다. 오래전 두 사람이 앉아 이야기하던 벤치가 보였다. 흐린 날씨 속에서도 놀이터만큼은 여전히 원색의 세상을 자랑하고 있었다.

"들어가. 나중에 또 연락해."

하제가 고개를 끄덕이고는 몸을 돌려세웠다. 그녀가 사라질 때까지 지켜보려 했다. 12년 전에는 단순히 그럴 마음이었다. 하지만 다시 돌아온 지금은 아니었다. 앞으로 무슨 일이 일어날지 모두 다 알고 있으니까. 나우가 가슴 깊이 숨을 들이마셨다가 천천히 내뱉었다. 이제 곧 하제는 걸음을 멈추고 나우를 향해 돌아설 것이다.

"이내는 한 번도 내 꿈에 안 찾아오더라?"

하제가 느리게 몸을 돌리며 말했다.

"너는 이내가 찾아온 적 있어?"

웃는 것도 우는 것도 아닌 창백한 얼굴이 나우를 바라보았다.

"혹시 찾아오면 물어봐 줄래? 나한테 뭐 서운한 거 있냐고? 걔들 그랬잖아. 나한테 화나고 삐지면 너한테 쪼르르 달려가 말했잖아. 뭐가 그리 또 불만이라서, 지금껏 단 한 번도 안 찾아오는지 궁금해. 사실 나 오늘 너한테 이거 물어보려고 만나자고 했어."

마치 기도문을 외듯 하제의 목소리는 조용하고 건조했다.

"내가 먼저 연락해야 했니?"

"……."

"너는 왜 나한테 한 번도 연락 안 했어?"

"……."

"알아. 네가 왜 나한테 단 한 번도 연락 안 했는지. 잘 알아."

하제가 나우를 향해 천천히 걸음을 옮겼다. 두 사람의 거리가 조금 더 가까워졌다.

"나 보면 이내 생각나니까. 괴로우니까. 그래서 나 보기 싫었던 거 잘 알아."

아니, 절대 아니었다. 오히려 그 반대였다. 자신을 보면 이내를 떠올릴까, 죽은 그 녀석이 생각날까, 도저히 연락할 수 없었다. 결코 하면 안 된다고 믿었다.

"그래도 너는 나한테 연락했어야지. 적어도…… 나우 너는, 나랑 이내 이야기를 해야 하잖아."

하제가 주춤거렸다. 한 걸음 가까워질수록 두 사람의 마음속 거리는 멀어져 갔다.

"애들이 나 독하대. 남자친구가 죽었는데 멀쩡히 책상에 앉아 공부하는 게 무섭대. 내가 왜 미친 듯이 공부했는데? 우리 약속했거든, 서로에게 미안해하지 말자고. 그럴 일 만들지 말자고 약속하고 다짐했어. 그런데 나 대학 떨어져 봐. 우리 엄마 아빠 누구 원망해? 괜히 이내 만나서 저렇게 됐다고 할 거 아니야. 아무 잘못 없는 이내만 나쁜 애 되잖아. 그게 싫어서 대학 포기 안 했어. 죽어도 이내 원망 듣게 하기 싫어서. 강이내 때문에 나 망가졌단 소리 듣기 싫어서. 그 소리 안 듣게 하려고 나 미친 듯이 했어. 나 정말 대학에 목숨 걸었다고."

결국 하제가 하려던 말은 이것이었다.

"너한테도 연락 안 했어. 아니 못 했어. 너도 그럴 것 같아서.

안 그래도 힘든 너, 내가 괜히 방해하면 안 되니까. 들쑤시면 안
되니까. 그런데."

"……."

"너 대학 합격했단 소식 들었어. 너랑 나, 결국 이내 원망 안 듣
게 하려고 끝까지 버텨 냈잖아. 이제 다 끝났잖아……. 그러니까.
네가 한 번쯤 나한테 연락할 줄 알았어."

하제는 결코 모를 것이다. 수백 번 썼다 지운 메시지를, 통화 버
튼을 누르려던 수천 번의 손길을, 집 근처에서 서성이던 수많은
발걸음을 절대 알지 못할 것이다.

"나 대학 들어갔잖아. 강이내 때문에 문제 생긴 것 없잖아. 그
런데 왜 다들 강이내 얘기하지 말래? 왜 다들 잊으래? 자기들이
뭔데? 무슨 자격으로 그만하래?"

하제는 정말 모르겠다는 멍한 얼굴로 물었다.

"너도 그러니? 너도 빨리 이내 잊고 싶은 거야? 그래서 나한테
그동안 단 한 번도……."

"그런 거 아니야."

12년 전에도, 그 후에도 나우는 두려웠다. 이내를 잃어버린 하
제를 보는 일이, 이내의 자리에 서 있는 자신의 모습이, 그렇게 하
제 곁에 다가서는 스스로가 무섭고 두려웠다.

"나우야. 나 얘기하고 싶고, 가고 싶고, 마음껏…… 정말 숨이

막힐 정도로 추억하고 싶어."

하제의 목소리가 가늘게 떨렸다.

"이내랑 있었던 일, 같이 갔던 곳, 즐거웠던 시간 마구마구 떠들고 싶은데 다들 하지 말래. 그만하래."

고이지도 못한 눈물이 강파른 볼을 타고 흘러내렸다. 두 번 다시는 마주하고 싶지 않은 모습이었다. 가슴에 박힌 칼을 누군가 힘껏 밀어 넣는 기분이었다. 숨이 막혀 단 한 마디도 나오지 않았다. 대체 왜 이 아픈 지옥으로 스스로 걸어 들어왔는지, 무엇을 위해, 누구를 위해…….

나우가 아랫입술을 짓씹었다. 입안에 비릿한 맛이 느껴졌다.

"나 강이내 열다섯에 처음 만났어. 10대 대부분을 이내랑 보냈는데 왜 그 시간을 지우라고 해? 내 시간인데. 내 삶이고 내 소중한 추억인데 대체 다들 무슨 권리로 지우고 잊으라 해."

"하제야, 아니야. 너…… 너…… 절대…… 그럴 필요 없어."

아니었다. 결코 진심일 수 없었다. 잊기를 바랐다. 하제의 기억과 가슴속에 쌓인 강이내라는 지층이, 서서히 시간에 마모되어 풍화되길 원했다. 그러나 나우는 비로소 알게 되었다. 그것이 얼마나 이기적이고 어리석은 바람이었는지, 설령 하제와 결혼을 한다 해도, 그렇게 남은 생을 함께한다 해도, 하제의 가슴속에 남은 이내는 절대 사라질 수 없었다. 세상 그 누구도 그렇게 만들 수 없었다. 그럴 권리를 가진 사람은 단 한 명도 없었다.

하제가 풀썩 자리에 주저앉아 두 손에 얼굴을 묻었다.

"나우야. 나 이내가 너무 보고 싶어. 너무 보고 싶어서 미칠 것 같아."

하제의 울음이, 서러운 통곡이 나우의 온몸을 뒤흔들어 놓았다. 폭풍 속 작은 나무가 된 기분이었다. 풍랑 속 조각배가 된 느낌이었다. 울고 있는 하제가 안쓰럽고 가여웠다. 그런 그녀를 보며 아무것도 해 줄 수 없는 스스로가 답답해 미칠 것 같았다. 스무 살이 견디기엔 너무 큰 상처고 아픔이었다. 스무 살이 감당하기엔 너무 얽히고설킨 운명이었다.

"이런 얘기는 이제 너한테밖에 할 수 없어. 너는 들어 줄 수 있잖아. 그럴 수 있잖아."

그 순간 나우는 똑똑히 볼 수 있었다. 자신의 세계가 서서히 무너져 내리는 모습을. 그것은 뒤엉킨 시간 속에 떨어진 12년 전 세상이 아니었다. 한참 후에나 올 자신의 미래였다. 텅 빈 놀이터에는 오래전 그날처럼 바람만이 혼자 쓸쓸히 놀고 있었다. 서러운 울음 사이로 삐걱삐걱 소리를 내며 그네가 움직였다.

192

2

길은 선명한데 목적지가 없다, 목적지는 확실한데 길이 없다. 과연 어느 쪽이 더 암담할까? 나우는 자신에게 없는 것이 무엇인지 생각해 보았다. 목적지? 아니면 갈 수 있는 길? 혹여 그 둘 다를 찾지 못하는 건 아닐까.

"최악이군."

스무 살의 하제와 헤어지고 정처 없이 앞만 보며 걸었다. 건널목을 건넜고, 모퉁이를 돌았고, 육교 계단 위에 올라섰다. 길은 계속해서 뻗어 있는데 목적지는 찾을 수 없었다. 나우는 그제야 비로소 깨달을 수 있었다. 어느 쪽이 더 암담한지를…….

길이 없으면 어떻게든 만들기라도 할 텐데, 갈 수 있는 곳도, 가야 할 곳도, 가고 싶은 곳조차 없었다. 어디를 도착하면 이 모든 혼란에서 벗어날 수 있을까. 할 수만 있다면 지나가는 누구라도 붙잡고 묻고 싶었다.

칵테일 바를 떠올리다 이내 도리질 쳤다. 같은 장소로 가 봤자 없을 것이다. 찾아 나설 여유도 그러고 싶은 마음도 없었다. 그냥 이곳에 머무르면 어떨까. 원한다면 과연 그럴 수 있을까. 이곳은 어쩌면 부풀 대로 부푼 풍선인지도 몰랐다. 언제 눈앞에서 모든 것이 터져 버릴지 알 수 없었다. 그곳에 남는 것은 과연 무엇일까.

등 뒤에서 요란하게 클랙슨이 울렸다. 나우가 흠칫 놀라 걸음을 멈추고 뒤를 돌아보았다. 한눈에 봐도 고급 세단이었다. 고양잇과 맹수가 떠오르는 날렵한 디자인이 세련되고 우아해 보였다.

나우가 한쪽으로 비켜서자 또 한 번의 경적이 날아들었다. 검은색 세단이 미끄러지듯 나우 옆에 멈춰 서더니 스르륵 조수석 창문이 내려갔다.

"타세요. 오늘도 헤매실 것 같아 제가 직접 모시러 왔습니다."

핸들에 한쪽 팔을 걸친 채 누군가 웃고 있었다. 어느덧 익숙해진 그 얼굴을 보며 나우가 질렸다는 듯 절레절레 도리질을 쳤다.

"어서요."

바텐더가 까딱 고갯짓했다. 나우가 조수석 문을 열었다.

"뭐 하는 거야? 그렇게 찾을 때는 없더니."

"원래 인생이란 게 다 그렇잖습니까. 죽어라 찾을 때는 없다가, 막상 포기하면 그때 슬그머니 원하는 게 나타나거든요. 그토록 찾아 헤맨 파랑새가 어디 있었는지 잘 아시잖아요."

"오늘은 그 잘난 칵테일을 마실 기분이 아니야."

"그럼 드라이브는 어떻습니까. 벨트 매세요. 출발합니다."

출발은 부드러웠다. 그러나 앞에 차가 없으면 금방이라도 날아갈 듯 무서운 속도로 질주했다. 막혔던 가슴이 조금은 뚫리는 기분이었다.

'너는 들어 줄 수 있잖아. 그럴 수 있잖아.'

아무리 떨쳐 내려 해도 하제의 목소리가 귓가에 끊임없이 맴돌았다. 목적지가 없다는 말은 핑계에 불과했다. 어디로 가야 하는지, 그곳에 무엇이 있는지 너무나 잘 알고 있었다. 도착해야 할 곳도, 안내할 길도 자명했다. 단지 모른 척 외면했을 뿐이었다. 그랬으니 습관처럼 걸음이 향하던 칵테일 바조차 찾지 않았겠지.

"길이 좋네. 시원하게 뚫렸어."

나우가 빠르게 사라지는 창밖 거리를 보며 중얼거렸다. 차는 점점 속도를 높였다.

날 듯이 달려 도착한 곳은 한적한 교외 숲속이었다. 바가 있기엔 이보다 더 나쁠 수 없지만, 사실 절벽 위에 있어도 전혀 이상할 건 없었다. 인간은 놀랍도록 적응력이 빠른 생물이라더니 단 며칠 만에 이 세계 시스템에 완벽하게 길이 들었다. 나우가 싱거운 웃음으로 놀라움을 털어 냈다.

삐거덕 소리와 함께 문이 열렸다. 어디에 있든 이곳의 내부는 변함이 없었다. 어둡고 텅 빈 홀과 무대 조명처럼 하얗게 빛이 쏟아지는 바 테이블도 여전했다.

"어쩐 일로 직접 데리러 왔어?"

"아시다시피 스무 살이면 성인이죠. 이제 저희 바를 이용하시는 데 아무런 문제가 없습니다. 제가 단골손님을 직접 모시러 가는 건 드문 일이 아닙니다."

바텐더가 나우의 얼굴을 살피며 덧붙였다.

"대신 귀여운 외모는 사라졌네요. 열다섯이었을 때는 얼굴에 젖살이 남아 있어 제법 귀여운 모습이었는데 말이죠. 뭐 날렵한 외모도 나쁘진 않죠."

그가 가볍게 어깻짓을 하고는 조용히 입을 열었다.

"왜 굳이 아픈 그때로 돌아가셨습니까?"

그 이유는 정작 나우가 묻고 싶었다. 왜 하필 그 순간을 떠올렸을까? 하제에게 과연 무엇을 확인하기 위해서.

"나는 우유부단하고 겁이 많은 성격이야. 내가 어떤 결정을 해야 할지 물어본 것뿐이야."

하제가 두 손에 얼굴을 묻고 서럽게 울던 모습이 떠올랐다. 그녀의 간절한 그리움이 깨진 유리 파편처럼 가슴에 조각조각 박혔다.

"그 결정은 과연 누구를 위한 것입니까?"

지금이라도 죽음에서 이내를 데려오면 어떻게 될까. 생각만으로 호흡이 가빠졌다. 하지만 미래는 아무도 알지 못했다. 13년 전에 죽은 이내도, 그동안 가까워진 두 사람도 결코 알 수 없었다.

"미래는 나도 몰라. 경험해 봐야 알지. 그러니 빨리 칵테일이나 준비해 줘."

싱긋이 웃던 바텐더의 얼굴에 미소가 사라졌다.

"정작 오늘은 칵테일 마실 기분도 아니시라면서 왜 갑자기 서두르십니까."

그토록 찾아 헤맬 때는 보이지 않던 존재가, 포기하고 뒤돌아서니 눈앞에 나타났다. 결국 이 선택이야말로 파랑새란 의미였다. 혹여 이 신비한 바텐더는 알고 있지 않았을까? 나우가 걸음걸음마다 얼마나 많은 갈등을 찍어 댔는지, 얼마나 긴 고민으로 얼마나 다양한 경우의 수를 떠올렸는지를. 이 신비한 곳을 지키는 그가 절대 모를 리 없겠지. 서두르는 건 나우가 아니었다. 오히려 이 세계의 누군가였다. 이제 빨리 네가 있어야 할 자리로, 그 순간으로 돌아가라는 다그침이 계속해서 머릿속을 쪼아 댔다.

"왜 내가 그토록 바보 같은 선택을 했는지 그만 생각하기로 했어."

나우가 바 테이블에 턱을 괴고 힘없는 미소를 지었다.

"검은 고양이를 따라 이곳에 왔던 순간을 말씀하시는 겁니까?"

바텐더가 묻자 나우가 고개를 내저었다.

"내 평생의 모든 선택을 말하는 거야."

게임에 빠져 엄마 심부름을 하지 않았던 것, 하필 그 장소에 이내를 보낸 일, 두 사람 곁에 오랫동안 머물렀던 미련, 그럴 수 없고 그러면 안 된다는 걸 알면서도 하제의 옆자리를 지키려 했던 욕심. 어떻게든 그녀의 마음을 붙잡고 싶어 늘 두렵고 초조한 마음으로 살아왔던 이 모든 순간순간을 의미했다.

"스스로가 바보 같았어. 아니 나는 정말 바보였어."

"세상에 완벽한 선택이란 없습니다. 만약 손님이 그 장소에 나갔다면, 아니 두 사람 곁을 일찍 떠났다면, 여자분의 고통을 모른 척했다면, 지금쯤 손님의 삶은 두렵지도 불안하지도 않았을까요?"

바텐더의 목소리가 동굴에 떨어지는 물방울처럼 텅 빈 홀을 울렸다.

"맞아, 완벽한 선택은 없어. 만약 그랬다면 나는 지금쯤 전혀 다른 문제로 초조해하겠지."

"어떤 선택을 하든, 그 결과 어떤 삶을 살고 어떤 사랑을 시작하든 모든 이의 선택은 어렵고 두렵고 또 복잡합니다."

그러니 후회도 자책도 필요 없었다. 아무 의미도 없었다. 왜 그토록 어리석은 선택을 했을까? 지금 이 선택이 옳은 것일까. 불안해하고 걱정해 봤자 달라지는 건 없었다. 지나온 과거도 앞으로 올 미래도 인간인 그가 되돌릴 수도 미리 엿볼 수도 없으니까.

"조명이 비추는 곳은 환하고 밝을 수밖에 없습니다."

바텐더가 손가락을 세워 머리 위에 매달린 조명을 가리켰다.

"살아가는 일도 마찬가지입니다. 기쁨과 행복, 감사와 평안, 아니면 불안과 우울, 좌절과 비통, 생각의 조명이 어디를 비추느냐에 따라 유독 그 부분이 도드라져 보일 수밖에 없겠죠."

바텐더가 테이블 위에 유리병을 올려놓았다. 병을 기울이자 쪼르륵 소리를 내며 투명한 유리잔에 맑은 액체가 차올랐다.

"지나간 시간을 넣고."

이번에는 다른 유리병의 병뚜껑을 딴 후, 푸어러를 끼워 기울였다. 투명했던 액체가 핑크빛으로 변해 갔다. 눈앞에서 마법을 보는 것 같았다.

"앞으로 다가올 시간을 살짝 첨가한 다음에……."

그가 은빛 스푼으로 천천히 두 음료를 섞었다. 그러고는 한입에 털어 넣었다.

"이렇게 마셔 버리면, 남는 건 무엇일까요?"

바텐더가 텅 빈 잔을 테이블에 내려놓았다.

"남는 건 없는데?"

나우가 대답했다.

"아니죠. 지금, 이 순간만이 남습니다."

핏빛 입술 끝에 얼음처럼 차가운 미소가 머물렀다.

"손님을 앞에 두고 혼자 마시다니."

"죄송합니다."

그가 손끝으로 톡톡 셰이커를 두드렸다.

"어떤 맛을 원하십니까?"

"가장 강하고 독한 것으로."

"지난번 꽃향기보다 더 쓴맛을 원하시는군요."

"아마 내 인생에서 가장 뜨거운 맛이 될 거야."

나우의 입가에 서늘한 웃음이 지나갔다. 어떤 목적도 작은 바람도 없었다. 그저 하제가 편안하기를 바랄 뿐이었다. 마음껏 이내를 추억하고 마음껏 이내를 이야기할 수 있도록 곁에 머물고 싶었다. 그런 존재가 되는 것만으로도 충분했다. 더없이 감사했다.

둘은 이내가 곁에 있듯, 셋이 자주 가던 단골 식당에 갔다. 전국에서 짬뽕이 맛있다고 소문난 중식당을 차례차례 찾아다니기도 했다.

"이건 완전 강이내 스타일이다."

"여긴 너무 담백해서 이내한테는 좀 심심하겠어."

이내가 좋아하는 영화감독의 신작이 나오면 함께 보러 갔다.

"솔직히 이런 말 미안하지만, 이내가 후속작 못 본 게 진짜 다행이야."

"내 말이. 그 명작이 이렇게 망가지다니, 이내가 봤으면 광분했을 거다."

둘 사이에는 언제나 이내가 존재했다. 나우는 그 거리를 좁히려 들지 않았다. 그것이 하제를 위해 최선이라 믿었다. 하지만 가끔은 헛된 바람이 생기고는 했다. 이내가 없는 둘만의 시간을 만들고 싶었다. 이내의 친구로서가 아닌, 온전한 자신만을 봐 주기를 원했다. 하지만 그럴 때마다 어디선가 홀연히 이내가 나타났다. 하제를 바래다주고 돌아오는 밤의 어스름 속에서, 밤새워 뒤척이다 바라본 창밖의 새벽빛에서 이내의 얼굴이 아른거렸다.

그렇게 한 해 두 해 흘러갔다. 이내라는 결코 부서질 것 같지 않던 단단한 바위도 시간의 비바람에 마모되어 갔다. 그 사이 나우는 휴학을 하고 군대에 다녀왔다. 하제가 보낸 편지에도 조금씩 이내의 흔적이 지워지고 있었다. 이내가 좋아하는 감독은 더는 영화를 찍지 않았다. 하제는 서서히 자신의 입맛을 찾아갔다. 면보다는 주로 밥을 먹었다. 두 사람은 각자의 전공에 대해, 학점과 자격증, 어학 점수와 인턴십, 그리고 취업에 관해 더 많은 이야기를 주고받았다. 그 속에 이내는 없었다. 이내는 결코 알 수 없는 두 사람만의 세계였다.

바위가 비바람에 마모되었다 해서 완전히 사라지는 것은 아니다. 고운 흙과 모래가 되어 다른 모습으로 존재할 뿐이다. 하제의 마음속에 슬픔의 덩어리로 남은 이내는 조금씩 소중한 추억으로 잘게 부서져 부드럽게 변해 갔다. 하지만 완전히 사라지지는 않았다.

매해 기일이 되면 두 사람은 이내가 잠든 곳을 찾았다.

"나 고백받았다?"

"이내 앞에서 할 소리는 아닌 것 같은데?"

나우는 애써 아무렇지 않은 척했지만, 가슴에서는 쩍 소리를 내며 균열이 일고 있었다. 봉안실 너머에는 열아홉의 이내가 예의 그 환한 미소로 두 사람을 바라보았다. 그 옆으로 까만 고양이 잉크의 사진이 나란히 놓여 있었다.

"어떤 사람이야? 강이내보다 괜찮아?"

짐짓 장난스레 물었지만, 심장이 금방이라도 가슴을 뚫고 나올 듯 두근거렸다.

"아니. 절대. 어디 감히 우리 이내랑 비교해. 아마 평생 강이내 같은 사람은 못 만날 거야. 불행 중 다행인 건 그 사람이 우리 부서가 아니라는 사실."

그 말에 안도해야 할지, 슬퍼해야 할지 나우는 알 수 없었다. 하제에게 이내는 그 누구도 넘볼 수 없는 가장 소중한 존재이자 추억이었다. 세상 그 누구도 류하제의 반짝이던 10대를 대신할 수는 없을 테니까.

두 사람이 나란히 봉안실을 나왔다. 이내가 사라진 그날처럼 원망스러우리만큼 파란 가을 하늘에는 구름 한 점 없었다. 가만히 올려다보고 있으면 깊은 하늘 속으로 빨려 들어갈 것만 같았다. 차라리 그편이 낫지 않을까. 나우가 하늘을 보며 짧은 한숨을 내쉬었다.

"강이내 왜 이렇게 조용해졌냐? 나 다른 남자한테 고백받았다는데 아무 말이 없네?"

"그러게? 그 자식이 원래 그런 성격이 아닌데. 나이 먹더니 과묵해졌어."

하제의 허전한 마음을 나우가 실없는 농담으로 받아 주었다.

"이내는 심각하게 과묵해졌다 치고?"

하제가 우뚝 걸음을 멈췄다. 자연스레 나우도 주춤 멈춰 섰다.

"너는 왜 조용해?"

나? 되물으며 나우가 제 가슴을 가리켰다.

"너도 아무렇지 않은가 보네?"

그 한마디가 거대한 파고가 되어 나우를 집어삼켰다. 두 사람 모두 20대의 마지막을 지나고 30대라는 조금은 버겁고도 무거운 문 앞에 서 있었다. 그리고 절대 열리지 않을 것 같던 또 다른 문이 조금씩 열리고 있었다. 이내가 세상에서 사라진 지 딱 10년이 되던 날이었다. 그날, 나우는 열다섯 여름 방학으로 되돌아간 기분이었다.

'혹시 나우마미 님?'

'아! 사랑하제 님이세요?'

너무 멀리 돌아왔다고 생각했다. 어쩌면 이것이 두 사람의 진짜 길이었다고 믿었다. 적어도 하제의 입에서 이런 말이 나오기 전까지는…….

"가끔 너를 보면서 상상했어."

하제는 대학생이 된 나우와 군인이 된 나우, 도서관에서 밤새워 공부하던 나우와 취업을 준비하던 나우, 그리고 면접을 위해 처음 정장을 입은 나우를 보면서 떠올렸을 것이다.

"이내도 비슷했겠지? 점점 더 선이 굵어지고 눈도 깊어졌겠지?"

하제가 집요한 시선으로 나우를 바라보았다.

"너희 둘 뭔가 다르면서 또 비슷했으니까. 마치 이란성 쌍둥이처럼. 하긴 어려서부터 형제처럼 자랐잖아. 그럴 만도 하겠지."

그 순간 나우는 깨달았다. 하제가 마음을 연 건, 자신이 이내와 둘도 없는 친구였기 때문이란 사실을. 이내를 마음껏 얘기할 수 있고 이내를 공감할 수 있는 유일한 사람이니까.

잘못 낀 첫 단추를 이제라도 다시 끼울 수 있다고 믿었다. 그러나 그곳에는 여전히 이내가 있었다. 하지만 더 이상의 욕심은 낼 수 없었다. 처음부터 각오한 일이었다. 보이지 않을 뿐 두 사람 사이에는 여전히 이내가 존재했고, 나우는 끝까지 자신의 자리를 잊지 않았다. 만약 이내가 사라지지 않았다면, 이 자리에조차 설 수 없었을 테니까. 그리고 그 생각은 늘 나우를 외롭고 불안하게 했다.

두 사람의 관계는 크게 바뀌지 않았다. 친구와 연인 그 어딘가에 머물러 있었다. 서로를 너무 잘 알고 있었기에 만나면 편안했다. 사람들이 찾지 않는 깊은 숲속의 호수처럼 평온했다. 하지만 나우는 때때로 두려웠다. 이 잔잔한 관계에 폭풍이 몰아치면, 이내를 추억할 수 있는 사람이 아닌, 정말 이내를 닮은 누군가가 나타난다면 그때도 하제가 끝까지 자신의 곁에 있어 줄까. 장담할 수 없었다. 그런데 눈앞에 진짜 이내가 나타난 것이다. 오래전 그 모습 그대로 웃고 떠들며 진짜 살아 있는 존재로 돌아왔다.

'나우야. 나 이내가 너무 보고 싶어. 너무 보고 싶어 미칠 것 같아……. 너는 들어 줄 수 있잖아. 그럴 수 있잖아.'

나우가 두 손으로 거칠게 마른세수를 했다. 귓가에 차랑차랑 셰이커 흔드는 소리가 들려왔다. 곧이어 작은 잔에 음료가 채워졌다.

"내 감정과 딱 어울리는 색이군."

먹물을 따라 놓은 듯 완벽한 검은색이었다.

"아니면 내 미래를 예언하는 건가?"

"저는 그저 일개 바텐더일 뿐입니다."

일개 바텐더가 준 칵테일 덕분에 엄청난 시간 여행을 했다. 죽은 친구를 다시 만나게 되었고, 사랑하는 사람의 과거를 되짚어

볼 수 있었다. 눈물 나게 고마운 일이지만, 이 믿을 수 없는 모든 과정들을 겪은 건 시공간을 넘어서는 누군가의 광활한 오지랖 때문이란 생각이 들었다.

"당신이 그분이라 부르는 그 개자식에게 전해. 원하는 대로 다 해 준다고. 다만 내 결정으로 인해 하제가 조금이라도 불행해지면 그땐 내가 무슨 수를 써서라도 그 개자식을 찾아서 찢어 놓을 거야. 그 말도 절대 잊지 말⋯⋯."

순간 누군가 나우의 어깨를 붙잡았다. 얼음으로 만든 손처럼 서늘한 느낌에 온몸에 오스스 소름이 돋았다. 고개를 돌린 곳에 남자가 서 있었다. 조명이 너무 눈부셔 얼굴은 하얗게 지워져 있었다. 하지만 본능적으로 알 수 있었다. 그가 처음 이 신비한 곳의 문을 열었을 때 구석에 혼자 앉아 있던 그 사람이란 사실을.

"누구⋯⋯."

얼음 손이 한 번 더 힘 있게 어깨를 움켜잡았다. 흐릿하게 보이는 입술이 반원을 그리며 올라갔다. 그렇게 잠시 서 있던 하얀 얼굴은 그대로 나우를 스쳐 지났다.

"잠깐만."

그러나 이미 늦어 버렸다. 남자는 이미 사라지고 없었다. 이 기묘한 칵테일 바에 올 수 있는 사람. 눈앞에서 연기처럼 스러질 수 있는 존재라면⋯⋯.

206

"당신이 말한 그분인가?"

바텐더가 글쎄요? 싶은 얼굴로 두 손을 들어 보였다.

"이곳은 누구나 올 수 있는 평범한 곳입니다."

새하얗게 지워진 얼굴은 누구, 아니 무엇일까. 왜 갑자기 나타나 의미를 알 수 없는 미소를 보냈을까. 하지만 더는 신경 쓰고 싶지 않았다. 물어봤자 답을 들을 수 없을 것이요, 찾아봤자 만날 수 없을 테니까. 더는 불안함에 쫓기며 바보 같은 삶을 살기 싫었다.

"그럼 저는 평범한 바텐더 님께서 만드신, 지극히 평범한 칵테일 이름을 물어봐도 될까요?"

바텐더가 붉은 입술 끝을 올려 기분 좋은 미소를 내비쳤다.

"피치 블랙(Pitch Black)입니다. 검은색 중에 가장 어둡고 탁한 색입니다. 역청이나 타르의 끈적한 찌꺼기를 의미하기도 하죠."

"괜히 물어봤군. 혹시 그런 말 들어 봤어? 아는 게 병이라고."

"물론이죠."

바텐더가 고개를 끄덕이고는 설명을 덧붙였다.

"새벽이 오기 전 세상은 칠흑처럼 어둡고 깜깜합니다. 우리가 별과 달을 볼 수 있는 건 세상에 어둠이 찾아오기 때문이죠. 밤이 없다면 새벽도 존재할 수 없습니다."

먹물 같은 어둠이 빛으로 인도할지, 더 캄캄한 암흑으로 추락

시킬지 알 수 없었다. 그저 이 순간 나우가 할 수 있는 건 하나밖에 없었다. 눈앞의 피치 블랙을 마시느냐, 아니면 자리에서 일어나 이곳을 벗어나느냐······.

"인간인 내가 할 수 있는 건 어떤 선택을 하고 그 결과를 받아들이는 것밖에 없지."

나우가 피치 블랙을 한입에 털어 넣었다. 검은색 액체가 목울대를 울리며 뜨겁게 넘어갔다.

"가장 완벽한 답이십니다. 행운을 빌겠습니다."

핏빛처럼 붉은 입술 끝이 빙긋이 올라갔다. 세상은 검고 탁한 그리고 끈적한 어둠 속으로 서서히 침잠해 들어갔다.

열아홉

✦

너와 내가 다시 만난 그 시간

1

학교 담 너머의 세상은 자유라고 믿었다. 물론, 매 순간 책임이 따르겠지만, 그보다 더 큰 기대감에 가슴이 설렜다. 제일 먼저 운전면허를 따야지, 아르바이트해서 첫 월급을 받으면 부모님께 멋진 선물을 사 드릴 거야. 그리고 여행을 갈까? 이왕이면 해외로 가는 게 좋겠어. 학교, 학원, 도서관만 반복했더니 몸에 근육이라고는 하나도 없어. 운동을 시작해야지. 몸을 탄탄하게 만들어 해변에서 보기 좋게 태울 거야. 어학 공부도 미리미리 해 놔야지. 시험을 위한 공부가 아닌 진짜 회화 말이야. 해외여행 하면서 세계 각국의 친구들을 사귈 거니까. 대학 졸업하면 바로 취업해서 독립해야지. 내 취향대로 나만의 공간을 마음껏 꾸밀 거야. 최신형 컴퓨터부터 들여놓고 냉장고에 먹고 싶은 음식과 음료수를 가득 채워 넣어야지. 친구들이 올 수도 있으니 원룸보다는 투룸이 낫지 않을까. 잠자는 곳과 생활하는 곳은 분리하는 게 좋다는 전문가의 의견도 있으니까.

상상만으로도 손발 끝이 저릿할 정도로 기분이 좋았다. 수능이 끝나고 대학생만 되면, 지긋지긋한 미성년자 딱지만 떼면 새장을 탈출하는 새처럼 멋지게 비상하리라 믿었다.

그런데 막상 학교 담 너머 세상으로 날아가 보니, 꿈에 그리던 푸른 하늘과 초록 숲은 없었다. 풀 한 포기 나지 않은 삭막한 벌판이 끝도 없이 펼쳐져 있었다.

두 번 다시는 학원 근처에도 안 가겠다, 했는데 어학과 컴퓨터, 스피치 강의와 모의 면접까지 다녀야 할 학원은 오히려 늘어 갔다. 간신히 취업의 벽은 뚫었지만, 독립은 상상조차 할 수 없었다. 욕실과 주방이 있는 손바닥만 한 원룸에 살기 위해 들어가는 한 달 생활비를 계산하면 헛웃음조차 나오지 않았다.

대학만 가면, 제대만 하면, 졸업만 하면, 취업만 하면……. 그렇게 수많은 '하면'의 장벽 뒤에 나타나는 건 더 넓고 까마득한 벌판뿐이었다.

"너 왜 또 밥 안 먹고 여기에 있냐?"

나우가 고개를 든 곳에 성진이 서 있었다.

"시험 백 일도 안 남아서 속 시끄러운 거 아는데, 굶어 봤자 너만 손해야."

허공에 불쑥 초콜릿우유가 나타났다.

"이거라도 마셔."

"와, 이 우유 얼마 만이냐."

"미친놈. 뭐가 얼마 만이야. 엊그제 급식에도 나왔었는데."

성진이 털썩 옆자리에 앉았다. 똑같은 교복들이 스탠드와 운동장 벤치에 앉아 가을 햇볕을 쬐고 있었다. 바람이 불자 운동장 한편에 쌓여 있던 낙엽이 흩날렸다.

"강아지들이 따로 없네. 공 하나만 던져 주면 온종일 놀지."

농구와 축구를 하는 아이들을 바라보며 나우가 중얼거렸다.

"저것도 팔자 좋은 1, 2학년 때나 가능하지."

성진이 툭 내뱉고는 무거운 한숨을 토해 냈다.

"야, 군대 가면 하기 싫어도 목숨 걸고 하게 돼 있어. 지면 그야말로 죽음이니까."

"미친놈. 누가 들으면 한 번 갔다 온 줄 알겠다."

성진의 한마디에 나우가 어깨를 들썩이며 키득거렸다.

"진짜 미쳤나 보네. 담임이 뭐라고 했는데 정신 줄을 놨냐?"

담임? 되물으며 나우가 고개를 돌렸다.

"너도 어제 상담했잖아. 하긴 너야 뭐 공부 잘하니까. 문제는 나같이 어중간한 놈이지."

한 교복 무리가 우당탕거리며 스탠드를 뛰어 올라갔다. 한 박자 늦은 녀석이 앞선 친구들을 향해 걸쭉한 욕설을 내뱉었다. 보나 마나 실없는 장난일 것이다. 그 시절에는 모두 다 비슷했다. 별것 아닌 농담에 분노했고, 틀린 문제 하나에 질망했었다.

"그때로 돌아와서 그때를 떠올리다니."

혼잣말이 끝나기 무섭게 나우의 등에 번개가 내리꽂혔다. 절로 비명이 터질 만큼 맵고 강한 손이었다.

"이 새끼가 미쳤나. 왜 사람을 때려?"

"그런 너야말로 정신 차려. 우리 엄마가 나 혼잣말하면 비 맞은 중이 어쩌고저쩌고하거든. 안 그래도 오늘 밤에 비 내린다는데 미리 중얼거리는 거야?"

성진의 말은 사실이었다. 오늘 밤 강한 폭우가 쏟아질 것이다.

"너는 담임이 별말 안 하지?"

왜? 나우가 눈으로 묻자 성진이 거칠게 뒷머리를 긁적였다.

"지하철 타고 갈 수 있는 대학은 아슬아슬하다는 거지. 우선 성적 나오는 거 봐서, 될 만한 곳은 닥치는 대로 넣어 보자네. M대 사학과도 얘기하더라. M대가 공대로 유명해서 상대적으로 인문 쪽은 경쟁률이 낮다나? 뭔 사학과야? 나 한국사 시간에 맨날 잠만 처자는데?"

"혹시 아냐? 사학과 가서 네 인생이 달라질지."

"내가 사학과를 왜 가?"

불퉁거리는 성진을 보며 나우가 속웃음을 삼켰다.

"김성진 너, 시험 볼 때 모르는 문제 나오면 어떡하냐?"

"뭘 어떡해. 그냥 찍지."

"사는 것도 비슷해. 어떻게 매번 답을 다 알겠냐? 모를 땐 그냥
찍어. 대충 찍었는데 그게 정답인 경우도 많아."

"새끼야. 잘못 찍으면 어떡해? 그럼 인생 나락인데."

"어른들이 그러잖아. 인생에 정답은 없다고. 그러니까 네가 찍
은 걸 정답으로 만들면 되지."

"공부 잘하는 새끼라 속 편하게 말한다. 그거나 처마시고 빨리
일어나. 점심시간 끝났어."

성진이 자리를 털어 내고는 성큼성큼 스탠드를 올라갔다. 늘
허허실실로 바보처럼 웃더니, 대학 진학을 앞두고는 적잖이 불안
한 모양이었다.

"내가 괜한 소리 했겠냐? 인마, 너 정답 제대로 찍었어. 알아?"

성진은 모호한 인생을 확실한 정답으로 만들었다. 녀석에게는
그럴 집념이 있으니까. 그 사실을 정작 본인만 모르고 있었다. 멀
어지는 뒷모습을 보다 나우가 하늘로 눈을 돌렸다.

"인생에 백 퍼센트 정답이 있겠냐? 그냥 다 찍는 거지."

지금의 선택이 미래에 어떤 결과를 낳을지, 세상 누구도 알 수 없었다. 그건 이 세계에 떨어진 나우도 마찬가지였다.

"뭐 이런 경우가 다 있어? 과거로 돌아왔는데도 미래를 알 수 없으니."

만약 미래가 바뀐다면 어떻게 될까. 두 번 나시는 하제 곁으로 돌아갈 수 없을까. 상상만으로도 숨이 막혔지만, 이 또한 그 위대한 시간이 해결해 줄 것이다.

"지금까지 고장 나지 않고 잘 버텨 왔네."

좋아하면 안 되는 상대를 좋아했고, 그림자처럼 붙어 다니던 친구를 잃었다. 힘들어하는 사람 곁을 묵묵히 지키면서도, 단 한 번도 그 자리를 욕심내지 못했다.

열다섯이 이해하기엔, 열아홉이 감당하기엔, 스무 살이 견디기엔 너무 어렵고 힘든 시간이었다. 그런데도 그 힘든 시간을 잘 견디며 지나왔다. 신은 인간에게 미래를 준비할 혜안을 빼앗는 대신, 그 미래가 현실로 닥쳤을 때 해결할 수 있는 능력과 버텨 낼 힘을 주었다. 그것이 인간이라는 사실을 나우는 깨달았다. 그러니 머지않은 미래에 상상하지 못한 시련이 온다 해도, 그때의 자신은 어떻게든 그 어려움을 이겨 낼 것이다. 나름의 방식대로 헤쳐 나갈 것이다.

하늘은 구름 한 점 없이 높고 푸르기만 했다. 점심시간의 끝을 알리는 종이 울렸다. 나우가 끙 소리를 내며 자리를 털어 냈다.

2

늦은 오후부터 빗방울이 떨어졌다. 나우는 집에 돌아오자마자 옷을 갈아입었다. 아무 생각 없이 공부만 하던 때가 그립다, 입버릇처럼 말했는데 막상 그때로 돌아오니 하루가 너무 길었다. 온종일 좁은 책상에 앉아 수업을 듣는 것이 이토록 힘든 일인지 새삼 잊고 있었다.

사람들은 습관처럼 과거가 좋았다고 말한다. 하지만 막상 그때로 돌아가면 높은 확률로 자신의 말을 후회할지도 모른다. 지금의 나우처럼…….

"설마 나 수능 또 봐야 하는 거야? 다 잊어버렸는데. 젠장, 과거로 돌아와 봤자 좋은 거 하나도 없네. 로또 1등 번호를 외우기를 해, 주식에 투자할 시드 머니가 있어? 그렇다고 수능 답을 기억해서 S대를 갈 것도 아니고."

수능이 백 일 앞으로 다가왔다. 그때는 온종일 공부하면서도 마냥 초조하고 불안했다. 성적이 잘 나와도 못 나와도 화가 난 복어처럼 늘 신경이 곤두섰다. 그렇게 죽어라 공부한 것은 정작 대학 가서 깔끔하게 잊어버렸다. 대학에서 밤새워 공부한 것은 사회에 나가 처음부터 다시 배워야 했다. 소용없는 것들을 왜 그토록 열심히 했나 싶지만 그건 또 쉽게 수긍할 수 없었다. 온종일 책상에 앉아 책과 씨름했기에 대학에서도 그럭저럭 공부할 수 있었다. 학점을 따기 위해 분투했기에 사회에 나가서도 차근차근 일을 배울 수 있었다. 돌이켜 보면 '대체 학교 다닐 때 난 뭐 했냐?' 자조 섞인 농담을 던졌지만, 그 시간이 없었다면 더 크고 넓은 곳에서 더 다양하고 복잡한 일을 처리하지 못했을 것이다. 그것이 왜 중요했는지는, 결국 그 시간이 지나야만 알 수 있다.

나우가 침대에 누워 머리맡의 핸드폰을 집어 들었다. 이제 곧 이내의 학원 수업이 끝날 시간이었다.

— 학원 끝났어?

전송을 누르기 무섭게 곧바로 답이 날아왔다.

— 응. 한민이랑 편의점 가는 중. 배고파 죽겠다. 라면에 치즈 넣어서 먹을 거임.

화면을 보며 나우는 문득 한민과의 대화를 떠올렸다.

'오죽하면 학교 앞 편의점 사장님도 알 정도였다. 그런데 다른 새끼도 아니고 그 자식이랑 가장 친한 네가 그러면 안 되는 거……'

나우와 하제의 관계를 못마땅하게 생각하던 녀석이었다. 고등학교 내내 두 사람은 같은 학원에 다녔다. 이내와 나우가 친형제

같은 사이라면, 이내와 한민은 죽이 잘 맞는 친구였다. 두 사람 모두 활달하고 나서기를 좋아했으니까. 이내의 사고 후, 한민도 한동안 많이 힘들어했다. 그랬으니 나우가 하제를 입에 올렸을 때 불편한 심기를 숨기지 않았겠지.

—라면 먹고 전화해.

—뭐 심각한 일이냐?

—별일 아니야.

목숨이 달린 일이 과연 별일이 아닐 수 있을까? 물론 이내는 전혀 상상하지 못하겠지. 앞으로 24시간 안에 자신이 생을 마감하게 될 거란 사실을…….

고등학교 내내 기계처럼 공부했지만, 이내는 수능을 단 한 문제도 풀지 못했다. 시험이 끝난 후 하제와의 멋진 크리스마스 계획도 모두 물거품이 되었다. 삶이 이토록 허망하고 덧없다는 사실을 열아홉들에게 알려 주고 떠났다.

"그래, 너 별일 아니게 만들어 줄게."

나우가 침대에 누워 두 눈을 감았다. 어디서부터가 꿈이고 어디까지가 현실인지 알 수 없었다. 생각해 보면 인간의 삶 자체가 시간 여행이었다. 원해서 태어난 것도, 원해서 자라는 것도, 원해서 늙어 가는 것도 아닐 테니까. 내 의지와 상관없이 태어났고 내 바람과 상관없이 학생이 됐으며 내 희망과는 전혀 상관없이 어른이 되어 버렸다. 체스판의 폰이 된 듯, 장기판의 졸이 된 듯, 누군가 이 시간대에서 저 시간대로 옮겨 버린 것 같았다. 정작 나는 아무것도 준비되지 않았는데, 책가방을 메어 주고, 교복을 입히더니, 졸업했다고 멋대로 성인이라 불렀다.

시산을 천천히 시나온 것이 아니었나. 시간 여행사가 되어 이리저리 뛰어넘어 왔을 뿐이었다. 바텐더의 말은 틀리지 않았다. 마음은 여전히 과거의 상처를 지닌 채, 시선은 늘 미래로 향해 있는, 매일같이 시공간을 뛰어넘는 존재가 바로 인간이었다.

나우가 멍하니 천장을 보는데 머리맡에 던져 놓은 핸드폰이 울렸다.

"롸잇 나우 왜?"

"어디야?"

"어디긴 뭘 어디야? 집에 가는 중."

나우가 눈을 감은 채 긴 한숨을 삼켰다.

"하제는?"

이 한마디가 바늘처럼 목울대를 찔러 댔다.

"우리 수능 끝날 때까지 웬만하면 연락 안 하기로 했어. 엊그제 하제랑 저녁 먹었는데 걔네 집도 그렇고 우리 엄마도 그렇고 진짜 5분에 한 번씩 톡이 오더라. 오늘 하제 학원에서 10시까지 자율할걸? 뭐 어쩌겠냐? 시험 끝날 때까지는 보고 싶어도 참아야지."

날카로운 경적이 울렸다. 잠시 말을 멈춘 이내가 다시 이야기를 이어 갔다.

"그럴 리 없겠지만, 혹여 결과 안 좋으면 어른들한테 괜한 말들을 거 아니야. 공부할 시간에 이성 친구 사귀어서 그랬다 어쩼다, 그 소리 듣기 싫어서라도 나랑 하제 미친 듯이 공부하는 거 아니겠냐. 서로에게 미안해하지 않기 위해서."

그랬다. 두 사람 모두 미친 듯이 공부에 매달렸다. 어른들에게 괜한 말 듣기 싫어서. 상대가 미안해하고 자책하지 않도록, 몇 배 더 노력했다. 이내가 떠난 후에도 하제가 대학을 포기하지 않은, 할 수 없던 이유가 바로 이 때문이었다. 사람들이 이내를 원망할까, 자신의 실패를 혹여 이내 탓으로 돌릴까, 하제는 마지막까지 죽을힘으로 버텨 냈다.

그 마음은 나우도 같았다. 힘없이 무너져 버린 친구를 이내는 절대 좋아하지 않을 테니까. 누구보다 그 녀석을 잘 알고 있기에 나우도 혼신을 다해 견뎠다. 지금 생각해 봐도 어떻게 그 아픈 시간을 참고 버텨 냈는지 스스로가 놀라울 따름이었다. 겨우 열아홉들이었는데…….

"그런데 왜?"

이내의 목소리가 멍한 정신을 깨웠다. 나우가 침대에서 상체를 일으켜 세웠다.

"너 내일 아침에 반려동물 페어에 가지?"

"어? 너 어떻게 알았어. 나 한민이한테만 말했는데?"

이내의 기억은 정확했다. 나우에게 반려동물 페어를 말한 적이 없었다. 사고가 일어나고 이내가 더는 세상에 존재할 수 없게 되었을 때에야 그날 무슨 일이 벌어졌는지 알게 되었다.

결국 이 마지막을 위해 어지러운 시간 여행을 반복했다. 그 잘난 바텐더가 만들어 준 맛없는 칵테일을 마셨다. 끝도 없는 고민을 하며, 머리가 터질 듯 같은 생각을 반복했다.

"너 가지 마."

나우의 시선이 창밖으로 향했다. 어둠이 내려앉은 세상에 부슬부슬 비가 내렸다. 잠시 뒤 빗줄기는 굵어질 것이며 아침이 올 때까지 무섭게 퍼부을 것이다.

"미쳤냐? 갑자기 전화하라더니 뭔 개소리야?"

"너 내일 오전에 학원 보충 가야 하잖아?"

내일은 수능이 백 일 앞으로 다가온 토요일이다. 학원에서는 달력의 빨간 날은 전혀 중요치 않게 여겼다. 쉬는 건 수능이 끝나고 대학 합격 후 얼마든지 가능하다 했다. 물론 그 후가 진짜 시작이고, 더 큰 문제가 산적해 있다고 솔직하게 말해 준 선생님은 없었지만……

적어도 이내가 토요일 오전 수업만 들었어도, 그토록 허망한 일은 없었을 것이다.

"내일만 오후로 변경했어. 어차피 오전 오후 선생님이 같아서 괜찮아."

"너 고3이고 수능 백 일 남았어. 무슨 얼어 죽을 반려동물 페어야, 페어는?"

"그런데 이 새끼가 미쳤나? 우리 엄마도 별말 없는데 네가 뭔데 지랄이야?"

너 거기 보낸 거 너희 어머니가 평생 후회하면서 살고 있어. 평생 가슴에 한으로 남으셨다고. 그때 차라리 가지 말라 할 것을, 못 가게 잔소리라도 할 것을, 네 영정 사진 앞에서 가슴을 치며 울다가 몇 번을 기절하셨어. 네까짓 게 알기나 해? 이 불효막심한 새끼야!

입안에 모래가 한 움큼 들어간 것 같았다. 그런데 도저히 뱉어 낼 수 없었다. 나우가 마른 입술을 축이며 거칠게 머리를 쓸어 넘겼다.

"가려면 오후에 가. 그 페어 저녁 6시까지잖아?"

"안 돼. 일찍 가야 기념품도 받고, 고양이 간식이랑 사료 샘플도 종류별로 받을 수 있어. 오후에 가면 늦어. 내가 우리 잉크한테 선물 잔뜩 가져오겠다고 약속했단 말이야."

내일 아침 녀석은 반려동물 페어에 갈 준비를 하고 정확히 9시에 집을 나선다. 그렇게 지하철역으로 향할 것이다. 큰길이 아닌 빠른 골목길로 가로질러 가겠지. 그곳에 공사장이 있고 밤새 내린 비로, 위태롭게 서 있던 가림막이 무너져 내릴 것이다. 하지만 전혀 눈치채지 못한 채 언제나처럼 유유히 그 아래를 지나갈 것이다. 결국 녀석은 무거운 가림막에 깔리게 되고, 병원에 도착했을 땐 이미 호흡과 심장, 맥박마저 멈춘 상태였다. 그러니 내일 아침, 녀석을 그곳으로 보내지 않는다면, 죽음은 분명 이내를 비껴갈 것이다.

"오후에 나랑 같이 가. 기념품이든 고양이 사료든 장난감이든 내가 다 사 줄 테니까. 무조건 내일은 오전에 얌전히 집에 처박혀 있어."

"너 어디서 이상한 드라마 봤냐? 뭔 어울리지 않는 재벌 2세 콘셉트야? 이거 괜히 수상하네? 네가 가지 말라니까 더 가고 싶은데?"

"미친 새끼야, 진짜 죽고 싶어 환장했어?"

"너야말로 미쳤냐? 반려동물 페어 가는데 죽긴 누가 죽어?"

그래 너 죽어. 그 페어에 가기도 전에 죽는다고. 너 때문에 얼마나 많은 사람이 힘들어하고 아파하는지 알아? 하제가, 네 첫사랑 하제가 평생을 널 가슴에 간직하고 살아. 너 너무 보고 싶다

고, 보고 싶어 미칠 것 같다고 내 앞에서 엉엉 울었어. 그걸 지켜
보는 내 마음이 어떤지 알기나 해? 아무것도 모르면서. 정말 아
무것도 모르면서 잘도 떠들어 대는구나. 이 세상에서 가장 멍청
하고 나쁜 새끼야.

떠난 자를 그리워하는 슬픔은 오직 남겨진 사람의 몫이었다.
무겁고 단단하며 뾰족하게 날 선 고통을 억지로 가슴에 넣고 조
금씩 조금씩 둥글게 만드는 것이 남겨진 이들의 삶이었다.

'너는 들어 줄 수 있잖아. 그럴 수 있잖아.'

이제 하제의 가슴에 남은 것들을 그만 꺼내 줘야 했다. 그것이
그녀를 위해 나우가 할 수 있는 마지막이자 유일한 일이었다.

"내일 나도 가고 싶어서 그래. 오전에 일이 있어. 오후에 같이
가자."

"반려동물도 없으면서 무슨?"

"없으면 못 가? 나도 가서 보고 싶은 게 있어."

나우가 긴 한숨과 함께 이마를 매만졌다.

"그냥 사람이 말을 하면 제발 좀 들어."

"어? 야! 갑자기 빗방울 굵어진다. 우선 끊어."

"강이내! 야! 너 내일 나랑 같이 가는……."

어두운 창밖에서 강한 빗소리가 들려왔다. 비는 점점 더 세차
게 쏟아질 것이다. 이내의 목소리가 사라진 핸드폰을 바라보다,

나우가 힘겹게 자리를 털어 냈다.

나우가 거실로 나오자 텔레비전을 보던 부모님이 흠칫 놀라 고개를 돌렸다.

"미안. 소리가 컸니?"

엄마가 리모컨을 눌러 재빨리 소리를 줄였다.

"나 이내한테 다녀오려고."

"이렇게 비가 쏟아지는데?"

아빠가 창밖을 보며 말했다.

"오늘 자고 올 거야. 같이 공부하기로 했어."

"갑자기? 이 늦은 시간에 가서 자고 오겠다고?"

워낙 제 고집대로만 사는 녀석이었다. 기어이 아침에 출발할지도 몰랐다. 오늘 밤은 아무래도 잠이 올 것 같지 않았다. 새벽에 잠들면 또 모를 일이다. 늦게 일어나 이내를 막지 못할지도. 결국 이 모든 시간 여행이 무의미하게 끝날지도……

"국어 좀 물어보려고. 이내가 국어 잘하잖아. 다녀올게요."

나우가 가방을 어깨에 메고는 서둘러 현관으로 향했다.

"조심해서 가! 도착하면 연락해. 비가 저렇게 오는데 갑자기……"

철컥 닫히는 현관문 사이로 엄마의 목소리가 흘러나왔다. 엘리베이터 문이 열리자 나우가 안으로 들어섰다. 거울에 비친 모습은 열아홉, 정확히 13년 전의 모습이었다. 마르고 껑충한 게 아직 뼈가 여물지 않아 속이 빈 대나무와 비슷했다. 분명 지나온 시간이고 몸소 경험한 과거인데도 거울에 비친 얼굴이 제 것이 아닌 듯 낯설었다. 나우가 두 손으로 얼굴을 쓸어내렸다. 손바닥에 닿는 감촉이 생각보다 부드러워 놀랐다.

"이 보들보들한 얼굴이 스트레스와 피로 때문에 까칠해졌구나."

담배는 졸업 후 호기심에 몇 번 피워 본 것이 전부였다. 그때는 남의 눈치 안 보고 담배와 술을 하는 것이 진짜 어른의 자유라 생각했다. 그런데 막상 경험해 보니 삶에 도움이 되는 게 전혀 없었다. 그제야 나우는 알게 되었다. 좋지 않은 자유와 쾌락을 절제할 수 있는 게 진짜 어른이란 사실을.

"너는 진짜 어른 되려면 멀었다."

그 대상이 거울에 비친 열아홉의 얼굴인지, 서른둘의 영혼인지 알 수 없었다. 어쩌면 둘 다라고 나우는 생각했다.

밖으로 나오자 거센 빗줄기가 바닥에 내리꽂혔다. 퍼붓던 이 비가 그치고 다시 해가 떠오르면 세상은 어제와는 조금 다른 내일을 줄 것이다. 나우가 우산을 펴고 빗길을 빠르게 걸었다.

3

"나야."

한마디에 철컥 문이 열렸다. 우산을 썼지만, 몸은 반쯤 젖어 있었다. 나우가 강아지처럼 부스스 머리를 털어 냈다. 연락도 없이 갑작스럽게 등장한 친구의 모습에 이내는 반쯤 벌린 입을 다물지 못했다.

"뭐냐? 이 시간에 이 꼴로?"

"들어가도 돼?"

"안 된다면 너 헤엄쳐 가겠다."

이내가 들어오라는 눈짓하며 몸을 돌려세웠다. 현관에 들어서자 미야옹 고양이 울음소리가 들려왔다. 나우의 시선이 캣타워 꼭대기에 앉은 검은 고양이에게로 닿았다. 나우는 신발장에 비스듬히 우산을 세워 두고 거실로 올라섰다.

"부모님은?"

거실에는 잉크와 이내뿐이었다.

"두 분 나란히 외출하셨어."

"이렇게 비가 오는데?"

"이렇게 비가 오는데 갑자기 들이닥친 새끼가 할 말은 아닌 것 같은데?"

짜증 섞인 목소리 끝에 무언가가 날아왔다. 나우가 낚아챈 수건으로 젖은 몸을 닦는데 탁 소리가 들렸다. 고개를 돌리자 바닥에 잉크가 있었다. 캣타워에서 뛰어내린 모양이다. 잠시 나우를 바라보던 녀석이 우아한 걸음으로 가까이 다가왔다.

"잉크 정말 오랜만이다."

녀석이 미야옹 대답했다.

"뭐가 오랜만이야. 일주일 전에도 왔었잖아?"

정확히는 13년 전 일주일이었을 것이다. 하루가 멀다 하고 서로의 집을 다녔으니까. 잉크가 나우의 다리에 제 몸을 비볐다.

"저 녀석 왜 저래? 우리 엄마한테도 안 가는 놈이. 너 그사이 우리 잉크랑 좀 친해졌냐?"

나우가 가만히 고양이를 내려다보았다. 잉크란 이름에 걸맞게 온몸이 까만 녀석이었다. 오직 두 눈만이 에메랄드처럼 파랗게 빛났다. 검은 밤하늘에 반짝이는 두 개의 별을 보는 것 같았다. 아름답고 신비로운 녀석이었다. 사랑과 은혜를 아는 충직한 고양이였다.

나우가 한쪽 무릎을 꿇고 앉아 조심히 잉크의 머리를 매만졌다.

'내일 아무 일도 일어나지 않을 거야. 그럼 너도 오랫동안 이내 곁에 있어 줄 수 있어?'

소리 없는 질문에 잉크가 미야옹 울었다. 마치 알고 있다는 듯,

속마음을 읽었다는 듯, 보석 같은 파란 눈을 반짝이며 나우를 쳐다보았다.

이내가 가까이 다가와 번쩍 잉크를 품에 안았다. 고고하고 우아하게만 보이던 녀석이 이내 앞에서만큼은 영락없는 새끼 고양이처럼 장난을 쳤다.

"그래, 며칠 사이에 좀 친해졌다 이거지?"

"창문 열어 놨어? 바람 들어오는 것 같다."

집 안 가득 서늘한 냉기가 고여 있었다.

"야, 비 오는데 무슨 문을 열어 놔. 너 젖어서 그래. 갈아입을 옷 줄게."

이내가 베란다로 가 널어놓은 옷가지를 던졌다.

"그런데 왜 왔냐?"

너 살리려고. 이 한마디를 삼킨 채 나우가 옷을 갈아입었다. 세탁한 옷인데도 이내 냄새가 나는 것 같았다. 섬유 유연제 향에서도 10대 소년의 냄새가 가득 배어났다.

"오늘 신세 좀 질게."

나우의 한마디에 주방으로 가던 이내가 멈춰 섰다.

"뭐냐 우리 아빠도 안 쓸 것 같은 아저씨 말투는?"

"그럼 뭐라고 해야 하는데?"

"뭘 뭐라고 해. 옷 갈아입었잖아. 그럼 끝이지. 우리 집 한두 번

왔냐? 왜 저래. 갑자기 적응 안 되게."

이 상황이 적응이 안 되는 건 나우도 마찬가지였다. 13년 전에 죽은 친구를 다시 만나 이렇듯 태연히 이야기할 수 있다는 게, 어떻게 꿈이 아닌 현실로 느껴질 수 있을까.

"왜, 엄마랑 싸웠냐? 아니면 쫓겨났어? 너 괜히 초조하니까 엄마한테 짜증 낸 거 아니야?"

이내가 주방에서 무언가를 덜그럭거리며 소리쳤다. 나우가 대답 없이 거실을 한 바퀴 둘러보았다. 두 번 다시는 이곳에 올 수 없으리라 생각했는데 결국 이렇게 되고 말았다.

주방까지 따라갔던 잉크가 뒤돌아 나릿나릿 이내의 방으로 들어갔다. 그러고는 미야옹 낮게 울었다. 나우가 잉크를 따라 방으로 걸음을 옮겼다.

책상에 오래된 컴퓨터가 놓여 있었다. 고양이 장난감이 널브러진 침대 위에는 노트와 문제집이 어지럽게 펼쳐져 있었다. 나우의 시선이 책상 위 작은 액자에 닿았다. 이내 옆에서 어린 하제가 손가락으로 브이를 그리고 있었다. 언제 찍었을까? 어쩌면 나우가 찍어 줬는지도 몰랐다. 너무 오래된 일이라 기억에서조차 사라졌는지도…….

창밖에 섬광이 지나가자 세상을 뒤흔드는 천둥이 울렸다. 그 순간 사진 속 두 사람은 턱시도와 웨딩드레스를 입은 모습으로 뒤바뀌어 있었다.

'나중에 하제랑 같이 살 거라고. 결혼해서 알콩달콩.'

놀란 눈동자가 크게 부풀어 올랐다. 잉크가 날카롭게 울었다.

"방금 천둥 치는 소리 들었냐?"

문밖에서 이내가 소리쳤다. 사진은 다시 10대의 두 사람으로 돌아와 있었다. 서늘한 날씨에도 관자놀이에서 식은땀이 흘렀다. 단순한 환영인지도 몰랐다. 아니라면 오늘이 지나고 마주하게 될 진짜 미래일 수도 있었다.

"야, 방에서 뭐 해? 나와."

또다시 들려오는 이내의 목소리에 나우가 도망치듯 방을 벗어났다. 흐르는 땀을 닦아 내자 주방에 있던 이내가 의아한 표정으로 쳐다보았다.

"너 놀랐냐? 얼굴이 왜 그래. 롸잇 나우, 천둥 번개 때문에 무서웠어요?"

"아니야."

"아니긴. 귀신 본 얼굴인데. 갑자기 땀까지 흘리고 난리야."

아직 늦지 않았다. 지금이라도 다시 그 바텐더를 찾아가서 왔던 곳으로 돌아간다 말한다면 조금 전 보았던 환영은, 어쩌면 진짜 환영으로 끝나지 않을까.

"나잇값 좀 해라. 아직도 천둥 번개가 무서우면 어쩌냐?"

"조용히 해."

나잇값을 하라고? 지금 나우가 가장 원하는 것이 그 나잇값을 하는 일이었다. 몇 날 며칠을 고민해 반지를 샀고 야경이 멋진 스카이라운지를 예약했다. 그렇게 모든 프러포즈 준비를 완벽히 끝냈다. 열아홉이 아닌, 서른둘의 나잇값을 하고 싶었다. 그런데 오늘이 지나면 모든 미래가 물거품이 될지도 모른다.

"너는 모르잖아. 내가 왜 연락도 없이 왔는지."

"내가 왜 모르냐? 딱 보면 척이지."

엄마와 싸운 열아홉의 유치한 반항이라 생각하겠지. 그 이상 이내가 아는 건 없었다. 절대 알 수 없을 것이다.

"괜히 혼자 열받지 말고 이리 와서 앉아. 라면을 너무 급하게 먹었나 봐. 소화가 안 된다. 엄마가 매실 마시라고 했는데. 너도 한잔 줄게. 이게 또 소화에는 직빵이래."

주방에서 뭘 그리 덜그럭거리나 싶었는데, 매실청을 찾는 모양이었다. 어쨌든 이제 와 시간 여행을 그만둘 수는 없었다. 그랬다면 오래전에 서른둘의 세상으로 돌아갔겠지. 저렇듯 짓궂게 웃고 있는데, 목 놓아 서럽게 울던 하제를 다시 만났는데, 이제 그가 선택할 수 있는 건 하나밖에 없었다. 나우가 식탁 의자를 끌어내 힘없이 주저앉았다.

"너 탄산수에 매실청 섞어 봤냐? 완전 장난 아니야."

이내가 매실청을 식탁에 놓고는 냉장고에서 탄산수를 꺼냈다.

"탄산수에 얼음 빠지면 서운하지."

서른둘이 보는 열아홉의 친구는 철없는 막냇동생 같았다. 편의점에서 컵라면 하나도 이내는 그냥 먹지 않았다. 햄이나 치즈를 넣거나 두 가지 라면을 섞어 먹었다. 녀석은 상상조차 못 할 것이다. 자신만의 레시피라 떠들던 것들이 미래에 엄연한 제품으로 출시된다는 사실을.

"아! 맞다. 꿀을 넣어야 해. 우리 엄마 매실청은 너무 안 달아."

유리컵에 얼음과 매실청 그리고 꿀을 섞은 뒤 탄산수를 부었다.

"나는 됐다니까."

"마셔. 몸에 좋은 거야."

이내가 식탁에 두 개의 유리컵을 내려놓았다. 코끝으로 진한 매실 향이 스며들었다. 미야옹 소리에 시선이 거실로 돌아섰다. 잉크가 캣타워에 올라 밖을 내다보고 있었다. 빗줄기는 점점 더 굵어지고 천둥과 번개가 검은 하늘을 찢었다. 요란하고 어지러운 밤이었다.

"나는 가끔 생각한다. 우리 중학교 2학년 여름 방학 때 너희 엄마 심부름 말이야. 그거 나 대신 진짜 네가 나갔으면 어땠을까 하고."

생각지도 못한 얘기가 흘러나왔다. 유리컵으로 향하던 나우의 손이 멈췄다. 왜 갑자기 그날 얘기를 꺼내는 것일까. 단 한 번도 상상하지 못했다. 이내가 자신과 똑같은 생각을 하고 있으리라고는.

"뭐가 어때? 물건만 건네주고 왔겠지."

결과는 두 눈으로 똑똑히 확인했다. 또 한 번의 경험으로 알게 되었으니까. 아무리 시간을 되돌린다 해도, 결국 둘은 이어지게 되어 있었다. 그것이 두 사람의 운명이자 인연이니까.

"우린 늘 어른들의 눈치를 봤어. 아무리 세상이 변했다 해도, 자식들의 이성 친구 신경 쓰이잖아. 너무 늦게까지 만나서는 안 되고, 시험에 방해되어서도 안 되고, 어른들이 없는 상태에서 서로의 집에 놀러 가서도 안 돼. 중3은 곧 고등학교 갈 테니까. 고등학생이 돼서는……."

이내가 말을 멈추고 쓴웃음을 흘렸다. 물론 모르지 않았다. 어른들의 과한 걱정과 간섭이 싫어서 두 사람은 더더욱 나우를 찾았다는 사실을. 단둘은 의심할 테니까. 단둘은 이상한 편견을 가질 테니까. 고등학생이 되어서는 그 걱정과 염려가 한층 더 심해졌다. 두 사람 모두 대입이라는 허들을 넘어야 했으니까. 이 모든 과정을 가장 가까이에서 지켜본 사람이 바로 나우였다.

"그래서 우리는 사실 늘 서로에게 미안하고 아쉬웠어. 더 많은 시간을 같이 보내고, 더 다양한 추억을 만들고 싶었는데 그럴 시간적 여유도 능력도 없었잖아. 그게 늘 안타까웠지."

"그럼. 지금부터라도……."

애써 태연한 척해도 목소리가 떨렸다. 나우가 혀끝으로 마른
입술을 축였다.

"만들면 되잖아. 수능 백 일밖에 안 남았어."

안타깝게 끊어진 그 시간을 다시 이어 주려 했다. 오직 그 목
적을 위해 결국 이곳으로 돌아온 것이다. 두 사람이 더 많은 시
간을 보낼 수 있도록. 간절했던 바람을 현실로 이뤄 주기 위해서.
하제가 끝까지 지킨 그 약속을 이내도 부디 지키길 바라며…….

"원래 인간이 그런 것 같아. 못 가 본 곳이 더 멋져 보이고, 못
먹어 본 음식이 더 맛있어 보이고, 손에 넣지 못한 게 더 값져 보
이잖아."

이내가 유리컵을 들어 천천히 흔들었다. 얼음이 부딪치며 차랑
차랑 울렸다.

"못 이룬 사랑이 가장 아름다워 보이고. 그래서 모든 이의 첫
사랑은 완벽한 거야. 이루어지지 못해서."

가장 아름다운 시절, 너무 애틋하게 만난 첫사랑. 미워할 시간
조차 부족했던 두 사람이었다. 풋내기들의 철없는 감정이라 치부
하지만, 그렇기에 오히려 가슴 깊숙이 간직될 소중한 추억이었다.
하제의 기억 속에 남은 이내는 나우가 결코 뛰어넘을 수 없는 높

고 견고한 벽이었다.

"시간이 모자라 안타까운 것도 있지만, 차곡차곡 쌓아 올린 시간의 축적도 무시할 수 없지. 모두 다 쏟아붓는 것만이 사랑은 아니잖아. 조금씩 스며드는 것도 사랑이니까. 사실 후자가 더 무섭지. 자신도 모르는 사이에 서로에게 물들어 가니까."

갑자기 왜 엉뚱한 사랑 타령일까. 다만 한 가지는 분명했다. 대입 시험을 백 일 앞둔, 열아홉의 입에서 나올 법한 이야기가 절대 아니었다.

"비 오니까 갑자기 분위기 잡고 싶어?"

나우가 괜스레 툴툴거렸다.

"그런 너는 여기 왜 왔냐? 비도 오는데?"

"엄마랑 싸웠다. 됐냐?"

"핑계가 궁색한데."

나우가 대답 대신 음료수를 한 모금 마셨다. 탄산이 톡 쏘며 매실 향이 입안 가득 퍼졌다.

"나 내일 못 가게 하려고 온 거 아니야? 그 정도 이유는 되어야 이 비를 뚫고 왔다는 정당성이 확보되지."

하늘에 섬광이 지나가자 뒤이어 천둥이 또 한 번 세상을 뒤흔들었다. 캣타워에 누워 있던 잉크가 낮게 울었다. 나우는 자신이 뭔가 잘못 들었다고 생각했다. 괜한 말장난에 쓸데없는 의미를 부여한다고 믿었다.

"그래. 네 삐뚤어진 성격에 가지 말라 하면 더 갈 거 아니야?"

이내가 컵을 기울여 천천히 매실 음료수를 마셨다.

"맞아. 우리 잉크한테 선물을 주고 싶었어. 그 녀석이 가장 좋아하는 걸 알고 싶은데 시중에 나온 사료를 종류별로 다 살 수 없으니까. 고작해야 열아홉이 무슨 돈이 있었겠어. 반려동물 페어에 가면 사료와 간식 샘플을 잔뜩 얻을 수 있잖아. 좋은 기회라 생각했었지."

반려동물 페어는 내일이다. 적어도 이 세계에서는 아직 열리기 전이란 뜻이다. 그런데 녀석의 말투가 이상했다. 처음부터 끝까지 줄곧 과거시제로 말하고 있었다. 마치 이 모든 일이 이미 지나갔다는 듯.

"너 지금 무슨 소리를……."

"그거나 얼른 다 마셔. 탄산 빠지면 밍밍해져."

갑자기 목이 탔다. 나우가 매실 음료를 한입에 들이켰다. 또다시 섬광이 지나가고 천둥이 하늘을 찢었다. 고양이의 울음소리가 마치 누군가를 재촉하는 것 같았다. 이내가 잠시 잉크를 바라보며 말을 이었다.

"하제는 하제만의 시간이 있고, 너는 너만의 시간이 있어. 그건 서로 존중해 줘야 해. 그 시간을 억지로 지우려 하지 말고, 괜한 죄책감 느끼지도 마."

"무슨 헛소리야."

나우가 소리쳤다. 보이지 않는 연기처럼 집 안 가득 매캐한 두려움이 차올랐다.

"경험했을 거 아니야?"

"뭐를?"

이내가 대답 대신 음료수를 마셨다. 유리컵을 기울이자 하얀 목울대가 꿈틀거렸다.

"네가 어떤 계획을 세워도 나와 하제는 이뤄질 수밖에 없어. 왜냐하면 그건 우리의 지나간 시간이니까. 완벽한 과거. 그러니 너와 하제 역시⋯⋯."

비강을 타고 진한 과일 향이 풍겨 왔다. 녀석이 손에 쥔 컵을 내려놓고 어깨를 들썩였다.

"앞으로는 나 없는, 너희 둘만의 과거를 만들어."

관자놀이에 찌르는 듯한 통증이 느껴졌다. 의자에 앉은 채로 발밑이 꺼지는 기분이었다. 환각에 빠진 듯 머릿속이 제멋대로 돌아가기 시작했다.

"한민이 그 자식 나랑 친했던 건 아는데, 그렇다고 그 새끼가 나는 아니지. 자기가 어찌 안다고 그렇게 멋대로 떠들어?"

세찬 빗소리가 거짓말처럼 사라졌다. 서늘한 고요 속에 익숙한 음성이 귓가를 파고들었다.

'다른 사람도 아니고 나우 저 새끼가 진짜 그러면 안 되지. 여자친구 볼 때마다 그 자식 생각 안 나겠냐? 죽은 놈만 억울하지. 자기 첫사랑을 하필 가장 친한 친구가······.'

눈앞에 시공간이 또다시 이지러졌다. 지금 여기가 어디인지 자신이 누구와 있는지조차 나우는 알 수 없었다.

"강이내. 강이내?"

마주 앉은 사람은 분명 강이내였다. 13년 전에 죽은, 어쩌면 내일 죽을지 모를 열아홉의 친구 강이내가 틀림없었다. 그런데 과연 내일은 언제일까? 13년 전 수능을 백 일 남겨 놓은 날일까? 눈앞에 녀석이 영원히 사라진 그 시간이 정말 내일이 될 수 있을까?

그 순간 한 가지 생각이 머릿속을 송곳처럼 꿰뚫었다.

'이곳은 손님의 과거가 아니라, 그분이 만든 세계일 뿐입니다. 그분은 늘 손님 곁에 계십니다.'

나우가 황급히 고개를 내저었다. 절대 그럴 리 없었다. 이 빌어먹을 세상에서 과연 뭐가 정답인지 시간은 어떻게 흘러가는지 가늠되지 않았다. 그러나 무언가 잘못되어 가는 것만은 확실했다. 다만 그 잘못이 무엇을, 어디를 기준으로 판단해야 하는지 모른다는 것이었다.

"설마······ 너야?"

뒤죽박죽 뒤엉킨 이 황당한 시간으로 초대한 사람이 바로 강이내? 문득 어두운 홀에 혼자 앉아 있던 남자가 떠올랐다. 자신을 향해 한쪽 입꼬리를 올리던 그 서늘한 미소의 주인이 누구인지 비로소 알 것 같았다.

"사는 게 힘들어? 어떻게 옛날보다 더 욱하는 성격으로 바뀌었냐? 빌어먹을 그분이란 새끼는 또 뭐야?"

이내가 손에 쥔 유리컵을 빙글빙글 돌리며 히죽 웃었다. 나우의 머릿속이 끓는 물처럼 부글대고 있었다. 대체 어디서부터 어디까지 믿어야 하는지 알 수 없었다.

"그 바텐더가 말한 '그분'이 진짜 너라고? 내 어깨를 잡은 그 손이 바로……."

"너 그사이 우리 잉크랑 아주 친해졌더라. 아까 봤지? 너한테 오랜만이라고 인사하는 거."

나우가 캣타워에 석상처럼 앉아 있는, 한 마리 검은 고양이를 올려다보았다.

'이 세계를 만든 분은 자비로우십니다. 정말 인자하시고 은혜로우시죠.'

은혜롭고 인자하며 자비로운 그분은 바로 자신을 살려 준 인간을 의미할까?

"아니야. 그럴 리 없어. 내가 왜 지금 여기 있는데."

오직 이내를 살리기 위해서였다. 하제에게 잃어버린 시간을 되돌려주기 위해, 수많은 고민과 갈등 끝에 간신히 이곳으로 돌아왔다. 그런데 이 모든 것이 정작 아무 의미가 없다니. 눈앞에 이렇게 선명한 이내를 살릴 수 없다니…….

"강이내, 너는 내일만 지나면……."

"나에게 내일은 없어. 이미 지나간 시간은 되돌릴 수 없어."

"아니야. 아니라고! 내가 너를…… 반드시 너를……."

두 손이 미친 듯이 떨려 왔다. 목 안에 메마른 먼지바람이 일었다. 목소리가 더는 나오지 않았다.

"너희 둘 나는 진심으로 축하해. 한 번쯤 그 말을 해 주고 싶었어. 나우야, 이제 이 세계는 끝이야. 네 과거도 끝이고. 이제 너만이 존재하는 앞으로의 세계에서 살아."

"안 돼. 왜 네 멋대로."

온몸을 짓누르는 피곤이 밀려들었다. 폭력과도 같은 잠이 쏟아졌다. 정신을 차려야 하는데 도저히 눈이 떠지지 않았다. 마주 앉은 이내의 미소가 조금씩 지워지고 있었다.

"롸잇 나우, 너는 정말 징그럽게 착한 놈이다."

"닥쳐. 제발."

"그리고 너는 진짜 하제를 사랑하고."

"……."

"내가 만든 칵테일 맛이 어때?"

한순간 모든 세상이 암전되었다. 깊은 늪으로 온몸이 빨려 들어갔다. 엷은 웃음소리가 멀어지고 뒤이어 고양이의 울음이 조금씩 희미해졌다.

'내가 모르면 이 세상에서 누가 널 알겠냐?'

이 세계는 이내의 것이었다.

'난 원래 차가워.'

얼어붙은 강물처럼 그의 시간은 흐름을 멈췄고,

'아이스크림케이크. 한꺼번에 이 맛 저 맛 다 섞어 먹지 말고.'

초대장을 보내는 존재는 이미 다 알고 있었다. 나우가 어떤 결정을 하게 될지⋯⋯. 주위를 감싸던 시린 냉기가 시나브로 사라지고, 멀어졌던 빗소리가 가까이에서 들려왔다. 비는 또렷하고 맑고 슬프게 세상을 적시고 있었다.

서른둘

✦

너를 기억하는 우리의 시간

1

바람이 지나가자 거리에 낙엽 비가 내렸다. 차가운 계절이 오면 간식을 파는 노점들이 자주 눈에 띄었다. 맛있는 음식은 세대를 초월해 모두의 입맛을 사로잡았다. 겨울이면 학원 앞에서 붕어빵을 사 먹던 날들이 떠올랐다. 나우는 팥붕어빵을, 이내는 슈크림붕어빵을 좋아했다. 팥이 기본이자 순정이며 근본이라 말하는 나우에게 이내는 슈크림이야말로 새로운 도전이자 진보이며 대세라 받아쳤다.

'나는 둘 다 좋아. 너희들은 각자 골라 먹어. 나는 슈크림, 팥 다 먹을 거니까.'

그때마다 어린 두 소년을 한심하게 쳐다보는 눈빛이 있었다. 하제는 늘 현명했다.

나우는 거리를 걷다가 익숙한 배우의 포스터가 붙어 있는 화장품 매장 앞에서 멈춰 섰다. 오렌지처럼 상큼하게 웃는 모습은 보는 사람도 절로 미소 짓게 했다. 화장품 브랜드의 새 모델인 모양이다. 두 달 전에 종영한 드라마가 폭발적인 인기를 끌었다. 주연 배우의 연기도 좋았고, 연출도 훌륭했지만 무엇보다도 스토리가 압권이었다. 드라마 원작은 웹소설이었는데 마니아층에서 입소문을 타고 알음알음 퍼지다 결국 드라마까지 제작되었다.

나우는 드라마를 즐겨 보는 편은 아니었다. 가끔 영화를 보는 게 전부였다. 하지만 이 드라마만큼은 첫 화부터 마지막 화까지 놓치지 않았다.

나우가 시청자 게시판에 감상평을 쓴다고 하자 성진은 사레까지 들려 콜록거렸다.

'어디다 뭐를 써?'

'역시 원작이 좋으니 드라마도 잘될 수밖에 없다고.'

'미쳤구나?'

'몰랐냐? 나 네 작품마다 댓글 쓰고 다니는데?'

'서운한 거 있으면 말로 해. 아무리 생각해도 학교 다닐 때 널 괴롭힌 기억이 없거든?'

성진은 쉬는 시간이면 노트에 열심히 무언가를 끄적거렸다. 남들이 공부할 때, 밤새 인터넷에 소설을 올리던 녀석이었다. 정신 차리라는 말도, 취미는 대학 가서 하라는 잔소리도 귓등으로 들었다. 독자들이 다음 화를 기다린다는 성진의 말에, '야, 그 사람들이 너 대학 떨어지면 책임져 줘?'라며 사방에서 핀잔이 날아들었다. 결국 성적에 맞춰 관심도 없는 사학과에 갔는데 그곳에서 인생의 터닝 포인트를 경험하게 될 줄은, 주변 사람들은 물론 성진 본인도 알지 못했다.

편의점 아르바이트, 택배 상하차, 식당 서빙, 음식 배달, 학원 보조 교사를 하며 성진은 밤마다 노트북 앞에 앉았다. 제대로 된 직장에 취업하라는 부모님 성화도, 차라리 대학원을 가라는 주변인들의 권유도 무시한 채 꾸역꾸역 자기만의 글을 써 내려갔다.

'벽 보고 쓰는 거지. 소설이랍시고 반 장난으로 올렸던 고등학교 때랑은 분위기 자체가 달라. 소수의 프로들만 살아남는 세계야. 이번에는 퓨전 역사물 한번 써 보려고. 우리 엄마 알면 또 혈압 오르겠지만, 이렇게라도 전공 한번 살려 봐야 하지 않겠냐?'

엄마의 혈압 상승 원흉이라 믿었던 작품이, 소위 말하는 초대박이 터질 줄 성진도 몰랐을 것이다. 취업도 안 되는 사학과를 괜히 보냈다던 엄마의 푸념은 금세 동네 자랑이 되었다.

한번 물살을 타기 시작하자 녀석은 거침없이 앞으로 치고 나아갔다. 지금까지 성진이 쓴 작품 중 세 편이나 영상화가 되었고, 차기작은 시놉시스 단계에서 판권이 팔렸다. 낡은 노트북 한 대로 부모님의 눈치를 보며 글을 쓰던 녀석은 어엿한 작업실까지 마련했고, 친구 중에 가장 많은 세금을 내는 인기 작가가 되었다. 결국 그는 묵묵히 자신만의 길을 걸어가며 원하는 세계를 오직 자신의 힘으로 이뤄 냈다.

'아니, 그래도 끝은 맺어야 할 것 아니야. 너무 그렇게 보지 마라.'

노트를 서둘러 덮던 고등학생 성진이 떠올랐다. 나우는 주머니에서 핸드폰을 꺼내 통화 버튼을 눌렀다. 몇 번의 신호음 끝에 익숙한 목소리가 들려왔다.

"왜?"

"혹시 글 쓰는 데 방해했냐?"

"방금 저녁 먹고 좀 쉬는 중. 내일까지 끝내야 할 원고가 있는데, 아침이 더디 오기를 기도해야지."

"어련하시겠습니까. 인기 작가님."

곧바로 싱거운 웃음이 흘러나왔다.

"괜한 소리 말고. 정말 무슨 일이야?"

나우가 고개를 들어 밤하늘을 올려다보았다.

별것 아닌 일에 전화하고, 별일 아닌 것에 시시덕거리며 쓸데없는 일에 관심을 쏟은 적이 있었다. 똑같은 교복을 입고, 같은 교실에 앉아 매일 얼굴을 보면서도 숨 쉬듯 연락을 주고받았다. 그런데 어느 틈에 이렇게 되었을까? 뭐가 그리 바쁘고 정신이 없어서, 전화 한 통 못 하는 사이가 되어 버렸을까. 화면에 뜨는 이름 석 자에 혹시 무슨 일이 생겼나? 걱정부터 앞서는 나이가 됐을까.

"미안하다는 말 하고 싶어서."

"뭐?"

"너 고3 때 웹소설 커뮤니티에 연재했었잖아. 그때 내가 정신 차리라고, 괜한 짓 말라고 너한테 건방진 충고했었어. 정말 미안하다."

핸드폰 너머에서 콜록콜록 소리가 들려왔다. 또 사레가 들린 모양이었다.

"야, 갑자기 왜 이래? 나 비스듬히 누워서 커피 마시다 허리 바짝 세워서 전화받는다. 있잖아, 우리 엄마가 사람이 평소 안 하던 짓 하면 몸이든 마음이든 둘 중 하나는 탈이 난 거래. 너 진짜 무슨 일 있어?"

무슨 일이 있었는지 말하면 믿어 줄까? 정작 그 무슨 일을 경험한 사람조차 꿈인지 현실인지 구분되지 않았다. 나우의 입에서 피식 헛웃음이 흘러나왔다.

"나우야, 내 말 듣고 있어?"

"잘 듣고 있어. 인마. 왜 소리는 질러."

"너 어디야?"

"어디면? 바쁘신 대작가님께서 오실 수는 있고?"

"간다고."

"원고는?"

"지금 원고가 문제냐."

"별일 없어. 그냥 생각나서 전화해 봤다."

거리의 사람들이 빠르게 곁을 스쳐 지났다. 시계탑의 초침이 둥글게 돌아가고 신호등은 정신없이 색을 바꿨다. 초록빛에 걸음이 빨라지고 붉은빛에 차들이 출발했다. 나우가 웃음을 멈추고 길게 한숨을 내쉬었다.

"성진아, 너 그동안 어떻게 견뎠냐?"

"너 진짜 어디 아프냐? 왜 자꾸 정신 나간 소리만 해?"

문득 묻고 싶었다. 출구도 빛도 없는 그 어지러운 미로를 어떻게 빠져나왔는지. 그 암흑을 어떻게 헤쳐 왔는지. 벽이 나오면 돌아가고, 빛이 없으면 손으로 더듬거렸을 아프고 힘든 시간을 어떻게 버텨 냈는지 정말 궁금했다.

"인마, 견디기는 뭘 견뎌. 그냥 산 거고, 그냥 쓴 거야. 그렇게 하루하루 살다 보니 여기까지 온 거지 뭐."

허허로운 웃음이 지나간 뒤 성진이 덧붙였다.

"다 지난 후에 뒤돌아보니, 아! 내가 그 시간을 어떻게 버티고 견뎠을까? 하지. 막상 그때는 그저 하루하루 사느냐고 그런 생

각도 안 들어. 어른들이 그러잖아. 살면 다 살아진다고. 뒤돌아
볼 것도 없고 너무 멀리 내다볼 것도 없고, 그냥 지금 발끝만 보
고 가면 어디라도 도착해 있는 거야. 결국 사는 건 다 위대한 일
이야."

"……."

"너는 뭐 안 그러냐?"

이내가 사라졌을 때 세상은 한순간 잿빛으로 변해 버렸다. 색
도 향도 온기조차 느껴지지 않았다. 지금 생각해도 그 시간을 어
떻게 견뎌 냈을까. 고작 열아홉이었다. 그 어린 나이로 다른 누구
도 아닌 단짝 친구의 죽음을 어떻게 감당했을까. 하지만 결국 하
루하루 살아왔고 살아 냈다. 뒤돌아보니, 지나온 길은 무척이나
험했고 멀었다. 그렇게 어느덧 30대가 되었다.

"사실 그날 너 혼자 보내 놓고 영 마음이 안 좋았다. 한민이
그 자식도 이내랑 인연이 깊어서 그래. 나중에 너 한번 만나서
사과한대."

"틀린 말도 아니잖아."

친구의 첫사랑을 오랫동안 마음에 담아 두었다. 그 사실은 절
대 부정할 수 없었다.

"누가 잘했고 잘못했고가 어디 있어. 그냥 다 인연인 거야. 이내
랑 열다섯에 만나 서로의 첫사랑이 된 것도 인연이고, 너랑 하제

씨 성인 돼서 이어진 것도 진짜 인연이야. 괜히 남 말하기 좋아하는 새끼들이 왈가왈부하는 개소리 신경 쓰지 마. 말했지? 뒤돌아보지 말고 너무 멀리 보지도 말고 그냥 지금 네가 서 있는 곳만 봐. 그게 정답이야."

서늘한 밤바람에 익숙한 목소리가 실려 있었다.

'롸잇 나우. 이제 앞으로의 세계에서 살아.'

"안 그래도 그렇게 말해 주는 녀석이 있더라."

"누구?"

누구인지는 나우도 알 수 없었다. 정말 그를 다시 만났는지…….

"있어."

"싱겁기는."

통화는 그렇게 끝났다. 나우가 안주머니에 손을 넣었다. 시계탑 긴 바늘이 숫자 7을 가리키고 있었다. 약속 시간이 15분밖에 남지 않았다. 나우가 큰 보폭으로 빠르게 광장을 가로질렀다.

2

거대한 유리 벽 아래로 빛 가루가 반짝였다. 세상도 인간의 삶과 다르지 않았다. 멀리 그리고 높이 봤을 때 비로소 아름답게 느껴진다. 산 정상의 풍광은 신이 그린 산수화이며 스카이라운지에서 보는 야경은 색색의 빛이 만개한 우주 정원이었다.

"맛있는 거 먹자고 해서, 부대찌개나 만두전골을 생각했는데."

흐드러지게 핀 생화와 촛불이 저마다의 색을 뽐냈다. 한껏 장식된 테이블 위에 스테이크와 샐러드, 해산물스튜가 놓였다. 푸른 장미를 바라보던 하제가 얼굴에 어색한 미소를 그렸다.

야경이 가장 아름답다는 프라이빗 룸을 예약했다. 물론 알고 있었다. 하제는 부대찌개를 좋아하고 뜨거운 만두를 호호 불어 먹으며 행복해한다는 사실을. 하지만 하루쯤 이런 분위기도 괜찮지 않을까.

예약한 와인이 둥근 잔에 붉게 차올랐다.

"즐거운 시간 되세요."

인사를 끝으로 직원이 문밖으로 사라졌다. 창밖에는 빛의 강이 흘렀고, 테이블에는 꽃과 촛불이 하늘거렸다. 음식 냄새 사이로 쌉싸름한 포도 향이 떠다녔다.

"어색하다. 너랑 이런 곳에 있으니까."

"왜, 나는 이런 곳이 안 어울려?"

창밖을 보던 하제의 시선이 돌아왔다.

"오늘은 웬일이야? 푸른색 셔츠를 다 입고? 넥타이도 되게 화려한데?"

"너무 과했나?"

나우가 민망한 표정을 숨기지 못했다. 하제가 웃으며 고개를 내저었다.

"아니, 정말 잘 어울려. 진작에 좀 그렇게 밝게 입고 다니지."

이렇게 입기까지 적잖은 용기가 필요했다. 어울리지 않을 것 같아서, 너무 튀는 것 같아서, 그렇게 골몰하던 스타일이 아닐 것 같아서. 내 것이 아닐 것 같고 정답이 아닌 것 같아서 망설였다.

"정말 괜찮아?"

"나 입에 발린 소리 못하는 거 알잖아. 진짜 멋있어……. 그래서 더 어색하다는 거야."

그 말이 칭찬인지 아닌지는 알 수 없었다. 하지만 어색하긴 나우도 마찬가지였다. 자신이 지금, 이 순간 누구와 함께 있는지, 눈앞에 하제는 환상이 아닌 실제인지조차 가늠되지 않았다. 혹여 모를 일이다. 이 붉은색 액체가 그를 또 엉뚱한 세계와 시간으로 안내할지도.

평소와는 사뭇 다른 분위기, 공기와 향기 속에서 두 사람의 대화가 오갔다.

"못 본 사이 살이 빠진 것 같네?"

나우가 말하자 하제가 두 눈을 크게 떴다.

"무슨 소리야. 나 출장 가서 맛집 탐방했는데. 우리 과장님이 그 지역 맛집을 다 꿰뚫고 있더라고. 적어도 2킬로그램은 쪘을 걸? 그리고 안 본 지 며칠이나 됐다고."

생각해 보니 고작 일주일 만이었다. 이곳 세계의 시간 개념으론 그렇다는 뜻이었다.

"너 제법 볼살이 통통했잖아."

나우가 스테이크를 썰며 말했다.

"내가 무슨 볼살이 있어."

하제가 어이없는 표정을 짓다가 수긍하듯 이어 말했다.

"하긴 옛날에는 그랬지. 볼살이 하도 빵빵해서 별명이 '탱탱볼'이었잖아. 벌써 20여 년 전이다. 언제 적 얘기를 하는 거야?"

"나는 엊그제 본 것 같은데?"

열다섯 살 여름, 하제를 처음 본 그날이 선명했다. 동그랗고 작은 얼굴로 나우를 이상하게 쳐다보던 열다섯의 하제. 그 소녀가 시간의 벽을 넘어 서른둘의 모습으로 눈앞에 앉아 있었다.

"뭔 소리야."

하제가 싱겁게 웃으며 이야기를 시작했다. 대부분 회사와 업무에 관한 내용이었다. 그녀의 반짝이는 눈동자가 강에 쏟아진 빛처럼 눈부셨다.

오랜 시간 두 사람은 서로의 곁을 지켜 주었다. 그렇게 좋은 친구이자 연인이 되었다. 둘의 이야기는 촛불처럼 따뜻했고 오래 숙성된 와인처럼 깊고 부드러웠다. 하제의 과장님 성대모사에 나우가 큰 소리로 웃었다.

식사가 끝나자 준비된 디저트가 나왔다. 하제의 얼굴에 어느덧 홍조가 어렸다. 이제 슬슬 시간이 된 것 같았다. 한참을 망설이던 나우가 긴장한 듯 입술을 달싹였다.

"오늘 내가 여기로……."

"나우야, 미안한데 내가 먼저 말하면 안 될까?"

웃음기 사라진 하제의 두 눈이 나우와 마주했다.

"혼자 김칫국 마시는지도 모르겠는데. 네가 오늘 이런 곳을 예약한 이유가 혹시 내가 생각하는 그런 거라면……."

하제가 긴장한 듯 앞에 놓인 냅킨을 만지작거렸다.

"있잖아, 나우야. 나는 지금 일하는 게 재미있고 참 좋아. 능력 인정받는 것도 너무 기뻐. 이번 프로젝트도 잘 끝나서 아마 내년에는 내 담당 팀이 생길 것 같아. 팀장이 되면 지금보다 훨씬 바빠지고 일도 많아질 거야."

"……."

"그래서 내가 먼저 말할게. 나는 아직 생각 없어."

하제의 두 눈이 여리게 흔들렸다. 나우의 마음도 파도처럼 일렁였다. 두 사람 사이에 영원 같은 침묵이 지나갔다. 나우가 잔을 들어 붉은 와인을 한 모금 마셨다.

"내가 여기 왜 예약했는데?"

"······."

"나는 특별한 일 없으면, 이런 곳에서 너랑 밥 한 끼 먹을 수도 없어?"

"그럼 나 김칫국 마신 거야?"

어쩌면? 싶은 표정으로 나우가 어깨를 으쓱했다. 하제가 고개를 숙이고는 풋 하고 웃었다.

"와! 너 사람 제대로 먹인다."

"스테이크가 맛있기는 했지. 어때, 제대로 먹은 기분이."

나우가 짓궂은 표정으로 말했다. 하제의 두 눈이 반원으로 곱게 접혔다.

"네가 프러포즈 준비한 줄 알았어. 처음에는 당황했고 다음은 미안했어. 그런데 지금은······."

"······."

"처음에는 민망했고 지금은 다행이야."

나우가 하제의 잔을 채웠다.

"나 오늘 프러포즈 준비한 거 맞아."

잔으로 향하던 하제의 손이 허공에서 멈췄다.

"며칠 전에 반지까지 샀는데. 잃어버렸어. 그 반지 찾으려고 여기저기 돌아다니면서 이런저런 생각이 많이 들더라."

하제와의 첫 만남이 내가 된다면 세 사람의 운명은 달라질까? 이내의 죽음을 막는다면 그녀의 삶은 달라질까? 나우는 모든 순간순간이 두려웠다. 언젠가 하제가 사라질까, 이토록 편안한 만남이 지루함으로 변할까. 뒤늦게 그녀에게 다른 운명의 상대가 찾아올까. 그렇게 미련 없이 뒤돌아설까 두렵고 무서웠다. 할 수만 있다면 열다섯 소년처럼 조르고 싶었다. 어떻게든 하제를 붙잡고 싶었다.

미래가 불안해도, 그러나 나우가 할 수 있는 건 없었다. 그저 지금, 이 순간에 최선을 다하는 것밖에는……. 미래는 분명 그 해답을 보여 줄 것이다. 그것이 설령 이별이라 할지라도.

"너와 나, 너무 멀리까지 보지 않으려고."

이 말을 과연 하제가 어떻게 받아들일지는 알 수 없었다. 자신할 수 없는 건 나우도 마찬가지였다. 여전히 과거는 후회되고 현재에는 집중하지 못했으며 미래는 불안했다. 하지만 조금씩 아주 조금씩 지나온 시간을 지우고, 지금에 머무를 것이다. 그리고 아직 오지 않는 시간은 앞서 걱정하지 않기로 했다.

"그래서, 반지는 찾았어?"

나우가 두 손바닥을 하늘로 들어 보였다.

"찾은 것 같기도 하고. 아직 찾는 중이기도 하고."

"무슨 대답이 그래?"

어쩌면 그녀도 눈치챘는지 몰랐다. 그가 말한 아직 찾는다는 의미가 무엇인지.

나우가 천천히 호흡을 가다듬고는 다시 입을 열었다. 오늘 이 자리에서 하제에게 하려는 말은 지금부터가 진짜다.

"나 전에 친구들 만났다고 했잖아."

"대학 친구들?"

나우가 가만히 고개를 내저었다.

"아니. 사실 고등학교 동창들이야."

"……."

"이내랑 친했던 애들."

언제부터였을까? 두 사람 사이에 이내라는 이름이 사라진 건. 아니 사라진 게 아니었다. 다만 그런 척했다. 모른 척, 애써 잊은 척할 뿐이었다. 서점에 진열된 만화책 앞에서, 유명 중식당 간판 아래서, 아파트 뒷문으로 이어진 산책길과 여전히 남아 있는 카페를 보며, 하제는 오랫동안 발길을 떼지 못했다. 나우의 눈에도 선명하게 보였다. 그녀의 시간 속에 여전히, 어쩌면 영원히 살아가는 한 소년의 환한 미소가.

'롸잇 나우, 하제는 맨날 뭘 그렇게 나랑 같이하재.'

바람을 타고 키득거리는 웃음소리가 들려왔다. 이제 그 미소와

웃음을 두 사람 모두 편하게 받아들일 시간이 되었다.

"미안해. 거짓말해서."

하제가 이해한다는 듯 고개를 끄덕였다. 그 마음이 무엇인지 모르지 않을 것이다. 아닌 척 마음을 숨긴 건 그녀도 마찬가지였을 테니까.

"주말에 이내한테 다녀올래?"

이 한마디를 하기까지 생각보다 오랜 시간이 걸렸다.

"그럴까? 오랜만에 셋이 뭉쳐야지."

나우가 둥근 유리잔을 들고 천천히 흔들었다. 투명한 잔 속에 붉은 액체가 파도처럼 출렁였다. 오래 숙성된 깊고 진한 포도 향이 공기 중에 알알이 떠다녔다.

"칵테일 좋아해?"

나우의 질문에 하제가 되물었다.

"갑자기 웬 칵테일?"

"칵테일은 여러 가지 술과 과일 향료를 섞어 마신대. 술은 쓰고 과일은 시고 설탕은 달고 탄산수는 톡 쏘고."

와인 한 잔에 나른해졌는지 하제가 등받이에 편안히 몸을 기댔다.

"색도 다양하잖아."

똑같은 술과 음료라도 어떤 비율로 혼합하느냐에 따라 다른 맛이 난다. 어느 잔에 담아 어떤 장식을 하느냐에 따라 전혀 다른 분위기가 연출된다.

"한 잔의 칵테일이 사람 사는 것과 비슷한 것 같아서."

무수히 많은 사람만큼, 모두 다른 인생만큼, 칵테일의 종류도 무궁무진할 것이다.

"그럴지도 모르겠다."

하제의 시선이 강에 흩어진 빛으로 돌아섰다. 칠흑의 밤이 지나면 태양이 떠오르겠지. 아름답게만 보이던 세상도 전혀 다른 얼굴을 보여 줄 것이다. 별이 지고 해가 뜨듯 칵테일 한 잔에 쓰고 단 맛이 공존하듯, 인간의 시간도 매 순간순간, 여러 모습으로 흘러갈 것이다. 즐겁고 기쁜 날과 아프고 괴로운 날이 어지럽게 뒤섞여 기묘한 색으로 빛날 것이다.

그녀를 따라 나우의 시선도 유리 벽으로 돌아섰다. 지상에 흩뿌려진 별빛들을 바라보며 그가 와인 한 모금을 달게 마셨다.

밖으로 나오자 서늘한 밤공기가 두 사람을 감싸고 지나갔다.

"내 정신 좀 봐. 그냥 두고 나왔네?"

하제가 아차 싶은 얼굴로 손뼉을 맞부딪쳤다.

"왜? 뭐 잃어버린 것 있어?"

"나 출장 갔다 오면서 너한테 준다고 선물 샀는데. 의자에 두고 그냥 왔어."

"내가 갔다 올게."

하제가 돌아서는 나우를 재빨리 붙잡았다.

"내가 주기 전에 네가 먼저 보는 거 싫어."

하제의 뒷모습이 총총히 건물 안으로 사라졌다. 몽롱한 머릿속이 조금은 시원해지는 것 같았다. 주머니에 손을 찔러 넣는데 어디선가 고양이 울음소리가 들려왔다. 나우가 고개를 돌린 곳에 가로등 빛이 닿지 않는 어두운 화단이 있었다.

"미야옹."

가까이 다가가자 풀숲에 푸른빛이 아른거렸다. 어둠을 뭉쳐 놓은 듯 까맣고 작은 녀석은 지중해를 닮은 파란색 두 눈을 반짝이고 있었다.

"미야옹."

검은 고양이가 나우를 향해 길게 울었다.

"그분께서 답답해하십니다. 조금 더 신중한 결정을 하시지 그랬습니까?"

진한 포도 향이 온몸으로 스며들고, 아름다운 야경에 마음까지 반짝이는 듯했다. 따뜻한 대화로 서로에게 온기를 전하고 꼭꼭 감춰 둔 추억에 가슴 한구석이 싸하게 아려 왔다. 이 모든 순간순간이 즐겁고 안타까웠다. 함께하지 못한 누군가가 숨 막히게 그리웠다. 나우가 고양이를 향해 두 손바닥을 들어 보였다.

"뭐 다음 기회가 있겠지."

"나우야."

익숙한 목소리에 몸을 돌렸다. 멀리서 하제가 뛰어오고 있었다. 열다섯 동그란 얼굴의 그녀가, 열아홉 힘없이 무너져 내린 그녀가, 서른둘 누구보다 지금을 사랑하는 그녀가 나우를 향해 손을 흔들었다. 다시 뒤돌아본 화단에는 검은 어둠만이 남아 있었다.

나우가 빙긋이 웃고는 하제를 향해 성큼 걸음을 옮겼다.

이 책은 시간에 관한 소설이다. 과거의 미련과 미래의 불안으로 현재를 잃어 가던 한 남자의 이야기다.

지금, 이 순간을 보라색이라고 가정해 보자. 그 안에는 과거인 붉은색과 미래인 푸른색이 적절하게 섞여 있다. 우리는 오롯이 현재만을 살아간다고 믿지만, 그럴 수 없는 게 또 인간의 삶이다. 이미 지나가 버린, 더는 어쩔 수 없는 과거와 아직 오지 않아, 완벽히 대비할 수도 없는 미래에 때론 우리의 소중한 현재가 저당 잡힌다.

사람들은 종종 내게 묻는다.

"당신의 작품 중 어떤 이야기가 가장 소중합니까?"

이 질문의 대답은 늘 정해져 있다.

"지금 쓰고 있는 이야기가 가장 소중합니다."

책으로 나온 작품들은 모두 나의 과거다. 이미 내 손을 떠났고 인물들은 모두 내 영역 밖으로 사라져 버렸다. 하지만 지금 쓰고 있는 글은 오롯이 나와 함께한다.

원한다면 주인공의 성별과 시점을 바꿀 수 있다. 첫 문장을 수

십 번 고쳐 쓸 수도, 에피소드 하나를 통째로 지워 버릴 수도 있다. 뒤에 쓴 이야기를 맨 앞으로 배치하거나 그 반대도 가능하다. 행복했던 결말을 비극으로 마무리 지을 수도 있다.

내가 할 수 있는 모든 걸 쏟아부을 수 있고, 그것이 가능한 지금의 이야기가 나는 세상에서 가장 소중하다. 하지만 삶은 글쓰기와 달라서, 현재에만 집중하기란 여간 어려운 일이 아니다.

사람들의 고민 중 70퍼센트는 지나 버린 과거의 후회와 아직 오지 않은 미래의 불안이라 한다. 나우와 하제 그리고 이내와 소중한 현재의 시간을 함께해 준 여러분들은 부디 이 불필요한 고민에서 조금이라도 벗어나시길 기도한다.

마지막으로 과거에 함께했고, 이 책을 위해 지금도 함께하며, 혹여 모를 미래에도 함께하고 싶은 래빗홀 이은지 편집자님에게 송구함과 감사를 전한다.

책은 늘 시간 여행자를 기다린다. 십 년, 백 년 그리고 천 년 전의 세상과 이야기 속으로 여러분을 초대한다. 부디 많은 분이 그 초대에 응하시기를……. 그 과정에서 현재의 길을 찾으시고 밝은 미래를 맞이하시기를 기원한다.

2024년 여름의 시작에서
이희영

래빗홀YA

셰이커
이희영 장편소설

초판 1쇄 2024년 5월 8일
초판 8쇄 2024년 10월 28일

지은이 | 이희영

발행인 | 문태진
본부장 | 서금선
책임편집 | 이은지   래빗홀 | 최지인 장서원

기획편집팀 | 한성수 임은선 임선아 허문선 이준환 송은하 김광연 송현경 원지연
마케팅팀 | 김동준 이재성 박병국 문무현 김유희 김은지 이지현 조용환 전지혜
디자인팀 | 김현철 손성규   저작권팀 | 정선주
경영지원팀 | 노강희 윤현성 정헌준 조샘 이지연 조희연 김기현
강연팀 | 장진항 조은빛 신유리 김수연 송해인

펴낸곳 | ㈜인플루엔셜
출판신고 | 2012년 5월 18일 제300-2012-1043호
주소 | (06619) 서울특별시 서초구 서초대로 398 BnK디지털타워 11층
전화 | 02)720-1034(기획편집) 02)720-1024(마케팅) 02)720-1042(강연섭외)
팩스 | 02)720-1043 전자우편 | books@influential.co.kr
홈페이지 | www.influential.co.kr

ⓒ 이희영, 2024

ISBN 979-11-6834-190-6 (43810)